우리가 정말 알아야 할 우리 고전
금오신화 外

초판 1쇄 발행 | 2001년 12월 10일
초판 4쇄 발행 | 2008년 2월 5일
개정 1쇄 발행 | 2010년 12월 20일
개정 2쇄 발행 | 2013년 1월 15일

글 | 조면희
펴낸이 | 조미현

인쇄 | 영프린팅
제책 | 쌍용제책사

펴낸곳 | (주)현암사
등록 | 1951년 12월 24일 · 제10-126호
주소 | 121-839 서울 마포구 서교동 481-12
전화번호 | 365-5051 · 팩스 | 313-2729
전자우편 | editor@hyeonamsa.com
홈페이지 | www.hyeonamsa.com

*이 책은 『남염부주지 外』(2001년 발행)의 제목을 바꾸어 새로이 출간한 것입니다.
*지은이와 협의하여 인지를 생략합니다.
*잘못된 책은 바꾸어 드립니다.

ISBN 978-89-323-1567-6 03810

우리가 정말 알아야 할 우리 고전

금오신화

外

우리가 정말 알아야 할 우리 고전 ❂ 글─조면희

금오신화

外

ᄒ현암사

"천 년이 지났으나 예스럽지 않다(歷千劫而不古)"는 말이 있다. 천 년이라는 긴 세월을 거쳤으면서도 여전히 새롭다는 뜻이리라. 오랜 세월을 거치는 동안 수많은 평가를 새로이 받으며 그 때마다 명작으로 인정받아 온 작품을 우리는 고전이라고 한다. 시대를 뛰어넘는 영원성, 옛 것이면서도 언제나 '현재'에 살아 있다는 것이 고전의 참다운 가치이다.

　문학은 시대와 사회와 개인의 삶을 총체적으로 비추어 주는 거울이다. 특히 고전 문학 작품은 인생과 세계에 대한 선인들의 치열한 경험과 진지한 사색의 결과물이다. 그러므로 우리는 이것을 통하여 바람직한 삶을 사는 지혜와 힘을 얻거나, 인간의 크고 작은 꿈을 들여다볼 수 있게 된다. 고전은 우리 삶의 길잡이이며 자양분이다. 바로 이것이 우리가 어린 시절부터 고전이 지성과 감성을 연마하는 한 방법이라고 배워 온 까닭이다.

　우리 나라 고전 문학 작품은 대개 신문화가 본격적으로 들어오기 전인 갑오경장 이전의 작품을 말한다. 비록 세계의 고전 문학 작품에 비하여 양적으로 그다지 많지 않고 형상화된 세계가 다양하지는 않지만 우리의 옛 시대 정신과 선인들의 삶의 훌륭한 결정체이다. 특히 '이야기책'이라고도 불리던 우리 고전 소설 속에 투영된 삶과 죽음, 사랑과 이별, 이런 것들이 주는 고통과 기쁨, 슬픔과 환희 그리고 유한한 인간으로서의 한계와 인간 사회가 주는 제약을 뛰어넘으려는 꿈은 어느 날 불쑥 생겨났거나 문명화되고 세계화된 오늘날 비로소 생겨난 것이 아니다. 오늘날의 문명화와 세계화는 오랜 세월 동안 도도히 흘러내려 온 한민족이라는 강줄기에 더해진 자극과 변화의 결과일 따름이다.

우리 고전을 재미있게 읽을 수 있는 가장 중요한 조건은 무엇보다도 우리가 한민족이라는 강줄기를 이루는 작은 물방울들이라는 데 있다. 우리는 누구나 문화 전통을 이루는 데 기여하고 누리며 전승하는 주체로서, 조상에게서 이미 우리만의 정서가 흐르는 피를 물려받았다. 열녀 춘향, 효녀 심청, 개혁 청년 홍길동, 이상적인 남성 양소유, 이들은 우리의 정신과 정서가 만들어 낸 인물들이다.

그런데도 고전 읽기가 즐겁지 않았던 데에는 정신에 앞서 표현의 문제가 크게 작용하였을 것으로 생각된다. 무엇보다 낯선 고사의 인용과 한문 어구의 빈번한 삽입, 익숙하지 않은 문어투와 내용 파악이 어려운 비문투성이의 긴 문장이 큰 원인이었다. 언어 문자는 정신과 문화의 소산이다. 언어는 시대의 변화에 따라 저절로 변하는 것이 그 본질이다. 그러나 우리의 언어 문자 변화에는 적지 않은 외적 요인이 작용하였다. 한글 창제 이전부터 보편적인 표기 수단이었던 한문자 사용의 오랜 전통과 습관, 신문화의 격랑과 함께 시작된 일제 36년 동안의 의도적인 우리말 말살 정책, 이에 더하여 해방 이후 오늘날까지 우리 사회를 온통 뒤덮은 영어 사용의 보편화 등등. 이로 말미암아 한글과 영어 시대를 사는 우리 젊은이에게 우리 고전은 무척 어렵고 낯설고 재미없는 것으로 인식되어 온 것이다.

작품은 작가가 창작한 원작 그 자체로 읽히고 평가되어야 한다. 그러나 그러한 원칙을 위하여 고전 작품 자체가 잊혀지거나 도서관 깊숙이 사장되어서는 안 된다. 학문 연구의 대상으로 상아탑 속에 안주하는 것도 바람직한 일이 아니다. 여기에 '원작에 대한 반역'이라고까지 이야기하는 '손질'을 감행할 수밖에 없었던 이유가 있다. 한문으로 된 문장은 우리말 글로 풀어 쓰고, 고사는 해설을 삽입하여 주석이 없이도 누구나 쉽게 읽을 수 있도록 하였다. 비문이나 번역투의 매끄럽지 못한 문장은 우리말 맞춤법에 맞추어 고쳐 써서 읽기 편하게 가다듬었다. 그리하여 옛 것, 어려운 것으로만 느껴지는 우리 고전 소설을 청소년을 비롯한 일반인 누구나 가까이 두고 즐겁게 읽을 수 있도록 하였다.

　이 책이 우리 고전 소설 보급에 조금이나마 보탬이 되기를 바랄 따름이다.

2000년 10월
국문학자 김선아

유래와 특징

신화 소설의 효시는 대개 중국 명나라 구우(瞿佑, 1347~1427년)의 『전등신화(剪燈新話)』에서 그 기원을 찾습니다. 그러나 여기서는 신라 말기의 대학자로서 중국 당나라에 가서 문명(文名)을 떨친 최치원의 「무덤 속의 두 자매」라는 작품을 명나라 구우가 본떠 『전등신화』를 썼으며, 김시습의 『금오신화』 시리즈 역시 최치원의 이 작품에서 그 기원을 찾아야 한다고 생각합니다. 「무덤 속의 두 자매」는 고려 박인량(朴寅亮, ?~1096년)이 편찬한 『수이전(殊異傳)』에 최치원의 작품이라고 하여 실려 전하고 있는데, 틀림없는 사실이라면 말입니다.

그럼 『전등신화』에 나오는 작품 중 소재와 구성 면에서 『금오신화』와 비슷하다는 「등목취유취경원기」의 줄거리를 간단히 소개해 보겠습니다.

'영가(永嘉)라는 지방에 시를 잘하는 등목이라는 노총각이 있었다. 어느 해 7월 보름, 과거 시험을 보러 송나라 때 수도인 임안(臨安)에 갔다가 취경원(聚景園)이라는 곳을 노닐게 되었다. 이 때는 송나라가 망한 뒤라 취경원은 거의 폐허였다. 등목이 취경원의 서쪽 마루 난간에 기대고 있는데, 마침 미녀 한 사람이 시녀를 데리고 들어왔다. 등목이 숨을 죽이고 그 미녀의 거동을 살피니 미녀는 나라가 망한 데 대한 무상함을 시로 읊었다. 등목은 그에 화답하는 시를 읊어 미녀와 대화를 나누고 드디어 술상을 앞에 놓고 사랑을 고백하게 되었다. 그 미인은 망한 송나라의 궁녀인데 젊은 나이에 죽어 취경원 옆에 묻혔다고 했다. 등목은 술자리를 끝낸 뒤에 그 미녀와 취경원 방안에서 하룻밤을 보냈다. 다음날 그는 미녀를 데리고 고향에 돌아가 3년을 지낸 뒤에 다시 과거 시험을 보러 미녀와 함께 임안으로 가게 되었다. 그 날도 7월 보름날이었다. 미녀는 등목을 처음 만났을 때와 같이, 취경원 마루에 앉아 술을 마시다가 이 세상에서의 인연이 다했음을 알리고 홀연히 떠난다. 다음날 등목은 그녀의 무덤을 찾아 시를 읊고 고향에 돌아온 뒤에 혼자 산중에 들어가 약초를 캐며 홀몸으로 일생을 마친다.'

위의 내용은 『금오신화』 다섯 이야기 중 「취유부벽루기」와 흡사합니다. 또한 주인공이 우연히 여인의 무덤 앞에서 시를 쓴 것이 인연이 되어 그 날 저녁 무덤 주인의 영혼과 사랑을 속삭인다는 내용은 최치원의 「무덤 속의 두 자매」와도 흡사합니다.

『전등신화』 시리즈는 그 신기함 때문에 중국 청나라 때로 내려오면서는 극작품의 대본으로 많이 사용되었습니다.

작품의 특징과 의의
위에 든 신화 소설의 주인공은 모두 문장이 뛰어나고 시를 잘 지었습니다. 『금오신화』의 「용궁부연록」과 「남염부주지」 외에는 모두 시로 대화를 하고 시로 작품을 전개시키는, 그야말로 시극(詩劇)이라고 할 만합니다. 또 주인공의 상대는 공통적으로 이 세상 사람이 아닙니다. 귀신의 세계나 용궁 같은 별

세계의 인물이지요. 결말 처리는 「무덤 속의 두 자매」를 제외하고는 모두 비극적입니다. 또 한 가지, 최치원의 작품은 작가가 주인공인 데 반하여 『금오신화』는 모두 3인칭인 면이 다릅니다.

사상적 배경으로는 신을 부정하면서도 조상신이나 자연신에 제사 지내는 비현실에 대한 현실의 접목과 불교의 인연 사상, 그리고 도교의 허무 적멸 사상이 골고루 스며 있습니다. 문학적 의의로는 역시 소설에 좀더 가까워져 예술적 흥미를 추구했다고 볼 수 있지만 내용이 현실과 너무 동떨어져 있어 후속 작품은 등장하지 않았습니다. 그리하여 뒷날 성리학을 숭상하는 양반 귀족 계급에게는 철저히 외면당했습니다.

김시습에 대하여

일찍이 천재로 이름을 떨쳤던 김시습(金時習, 1435~1493년)은 어릴 때부터 총명하고 글재주가 뛰어났습니다.

대학자 율곡 이이는 「김시습전」에서 그의 족보와 유년 시기를 이렇게 쓰고 있습니다.

"김시습의 자는 열경이고 본관은 강릉인데 신라 알지왕(閼智王)의 아들 주원(周元)이라는 사람이 강릉에 살았으므로 본관을 그리로 정하였다. 뒷날 주원의 자손 일성(日省)이 선사 장씨(仙槎張氏)와 결혼하여 선덕(宣德) 10년(1435년)에 서울에서 김시습을 낳았다. 김시습은 태어날 때부터 특이하여 난 지 겨우 8개월 만에 스스로 글을 알았다. 최치운(崔致雲)이 그것을 기특히 여겨 『논어』의

첫머리 글을 따서 '시습'이라는 이름을 지어 주었다고 한다. 김시습은 말보다 정신을 먼저 깨우쳐서 문장을 보면 입으로 읽지는 못하면서도 그 뜻을 다 이해하였으며, 세 살 때 시를 지었고, 다섯 살 때 『중용』과 『대학』을 다 읽으니 사람들은 그를 신동이라고 불렀다. 세종대왕께서 그 소문을 듣고 그를 왕명 출납 기관인 승정원(承政院)으로 불러 시를 짓게 하였더니 과연 금세 시를 지어 바쳤다. 그러자 임금께서 하교하기를 '내가 당장 너를 불러보고 싶지만 주위 사람들이 이상하게 생각할까 두려워 직접 너를 보지는 않기로 하였다. 너의 집에 도움을 주도록 할 터이니 너는 부지런히 공부를 하라. 그리하여 뒷날 학문이 성취되면 크게 등용하겠다.' 하고 비단을 주어 집으로 돌려보냈다. 이 소문이 전국에 퍼지자 사람들은 그를 그냥 오세(五歲)라 부르고 이름을 부르지 않았다. (하략)"

그러나 김시습은 21세 되던 해에 수양대군이 단종을 몰아내고 왕위에 올랐다는 소식을 듣고, 사흘 동안 울고 나서 공부하던 책을 모두 불살라 버린 후 스님이 되었습니다. 자신의 법명을 설잠(雪岑)이라 하고 이후 10년 동안 전국을 유랑하였습니다. 그러다가 31세 때 경주의 남산(일명 금오산)에 금오산실(金鰲山室)을 짓고 거기서 최초의 한문 소설 『금오신화』를 지었습니다. 그 뒤 37세(성종 2년) 때는 상경하여 수락산 기슭에 폭천정사(瀑泉精舍)를 짓고 몸소 농사를 지으며 살았습니다. 47세 때 불교 생활을 정리하고 환속하여 서울에 와서 결혼도 하였으나 곧 부인이 죽자 다시 관동 지방 등으로 방랑의 길을 떠났습니다. 강원도 내설악에서 오세암(五歲庵)을 개축하고 그 곳에 56세까지 머물렀으며 말년에는 이 절을 떠나 충청남도 부여 땅에서 방랑을 끝냈는데, 그가 머문 사찰은 동학사(東鶴寺)와 무량사(無量寺)라고 합니다. 동학사에는 고려 말 유신인 야은 길재(冶隱 吉再), 목은 이색(牧隱 李穡), 포은 정몽주(圃隱 鄭夢周) 등을 모신 삼은각(三隱閣)이 있었습니다. 이 절에 환혼각(喚魂閣)을 지어 사육신(死六臣)을 제사 지냈다고 합니다. 김시습은 마지막으로 동학사 근처에 있는 외산면 만수산 무량사에 들어가 수도하다가 59세를 일기로 파란 만장한 삶을 끝냈습니다. 그리하여 그곳 산신각에는 김시습의 초상화가 보존되어 있고 절 밖에 그의 부도(浮屠)가 남아 있습니다.

그의 유고로는 『매월당집』이 있으며, 불교 관계 저술로 『십현담요해(十玄談要解)』, 『묘법연화경 별찬(妙法蓮華經 別讚)』이 전하고 있습니다.

김시습의 호는 법호인 설잠 외에 아호로 매월당(梅月堂), 동봉(東峯), 청한자(淸寒子) 등이 있습니다

참고로 매월당 김시습의 한시 작품은 필자의 인터넷 홈페이지 '초서 연구(http://www.choseo.pe.kr)'에 들어가서 '한시 연구' 난을 클릭하면 고대 한시 연구 부분의 맨 처음에 실려 있습니다.

2001년 11월
옮긴이 조면희

최치원은 자가 고운이며, 열두 살에 당(唐)나라에 유학하여 건부갑오년(乾符甲午年, 874년, 경문왕 14년)에 학사 배찬(裵瓚)이 시관을 맡은 과거에 장원으로 급제하여 율수현리(溧水縣吏)로 임명받았다. 그곳에 부임한 뒤 고을 남쪽 경계에 있는 초현관(招賢館)을 유람하였는데 초현관 앞 언덕 위에는 오래된 무덤이 하나 있었다. 쌍녀분(雙女墳)이라는 무덤으로 예부터 유람객이 많이 노니는 곳이었다. 치원이 무덤 앞에 놓인 돌문에 시를 한 수 써 붙였다.

여기 묻힌 두 여자 누구네 따님일까,
적막한 저승에서 몇 번이나 봄을 지냈는가?
아리따운 그 모습, 시내에 비친 달빛에 잠겼고
무덤 위에 쌓인 티끌, 그의 이름을 묻어 버렸네.
꿈속에서라도 아름다운 정을 나눌 수 있다면
외로운 이 나그네의 밤 위로해 줄지 모르지.
낯선 여관방에서 즐거움을 누리며
그대와 함께 옛사람이 부르던 낙천부*를 읊으리.

초현관으로 돌아온 그는 그날 밤 달은 밝고 잠은 오지 않아 뜰에 나와 천천히 거닐었다. 이 때 한 아리따운

중국 당나라에서 벼슬한 최치원이 지방관으로 파견되어 그 지방에 있는 무덤을 보고 시를 읊은 것이 계기가 되어 무덤의 주인공과 하룻밤을 즐겼다는 내용의 전기 소설류의 초기작. 김시습의 『금오신화』와 같이 주인공들이 시로 대화를 한 작품.

최치원(崔致遠)· 857년(신라 헌안왕) · 자는 고운(孤雲). 12세에 당나라로 유학가서 18세에 그곳에서 급제하여 선주 표수 현위(宣州 漂水縣尉)가 되고 승무랑(承務郎), 시어사(侍御史), 내공봉(內供奉)에 올라 자금어대(紫金魚袋)를 하사 받았다. 879년(헌강왕 5년) 황소의 난이 일어났을 때 제도 행영 병마 도통(都統) 고병의 종사관으로서 서기의 책임을 맡았다. 당시 고병의 표장· 서계(書啓) 등은 모두 그가 썼으며 황소에게 보내는 격문은 유랑한 글로 알려져 내려온다. 후에 벼슬을 버리고 각지를 유랑하다가 가야산에 들어가 여생을 마쳤다. 저서로 『계원필경(桂苑筆耕)』 1질이 현존한다.

낙천부(洛川賦)· 초양왕이 무산에서 선녀와 즐기던 일을 노래로 지어 불렀음.

아가씨가 붉은 천을 손에 들고 다가와 그것을 치원에게 주며 말했다.

"여덟째 아가씨와 아홉째 아가씨가 이것을 수재(秀才)께 드리라고 하였습니다."

치원이 놀라서 물었다.

"아니, 그 아가씨가 누구요?"

"가시덤불 속에 있는 돌 위에 시를 써 주셨지요? 그곳이 우리 두 아가씨가 사는 곳입니다."

치원이 고개를 끄덕이며 그 여자가 주는 첫번째 천을 펴 보았다. 여덟째 아가씨가 화답한 시였다.

이별의 한을 품은 외로운 영혼, 무덤에 갇혀 있지만
복사꽃 볼과 버들 눈썹은 그래도 청춘을 간직하였지요.
학을 타고도 신선이 사는 섬을 찾기 어려워
머리에 꽂은 비녀만 깊은 저승에 묻혀 있다오.
이 몸 살았을 때는 나그네만 보면 부끄러워했는데
오늘 웬일로 낯선 이를 만나 어리광을 부리네.
시를 가지고 저의 뜻을 알리기 너무나 부끄러워
한 번 목을 길게 뻗고 그만 기가 죽어 버리는걸.

다음은 두 번째 천을 보았다. 아홉째 아가씨의 시였다.

그 누가 길 옆에 놓인 무덤 돌아나 보았던가?
화장거울 원앙이불 모두 티끌만 쌓였지.
한 번 났다 죽는 것은 하늘의 이치,

꽃이 피고 지는 것으로 봄이 오고 감을 알았지.
진천녀*가 님의 마음 돌려놓은 것을 존경했고
간사한 여자가 아양떠는 것은 배우지 않았소.
초양왕과 무산선녀와의 애정을 부러워하며
어수선한 온갖 생각 내 마음을 움직이네.

천의 뒤쪽에도 글이 있었다.

성명을 숨긴 것을 이상히 생각지 마오,
외로운 영혼은 속인을 두려워한다오.
내 생각 말씀드리려 하니,
잠시 만나 주기 바라나이다.

치원은 그 글을 보고 기쁜 얼굴로 글을 가져온 여자에게 물었다.
"아가씨, 성명을 물어도 되겠소?"
"저는 취금(翠襟)이라고 합니다."
치원은 자기도 몰래 취금의 손목을 잡으려 했다. 그러자 취금이
화난 얼굴로 말했다.
"수재께서는 답서를 써 주셔야지요. 괜한 욕심은 사람을 더럽힙니
다."
치원은 무안한 얼굴로 시를 지어 취금 편에 보내었다.

우연한 기회에 하찮은 시를 무덤 앞에 붙였으나
선녀가 화답을 해올 줄이야 내 어찌 알았으랴.

진천녀(秦川女) 진(晉)나라 두도(竇滔)의 처. 회문시(廻文詩)를 지어 소원해진 남편의 마음을 돌려놓음.

꽃같이 요염한 취금아가씨를 보며

그보다 훨씬 더 아름다울 그대를 상상하오.

성명을 감추고 보낸 그대의 글에서

아름다운 글귀 하나하나가 내 마음을 애타게 하오.

괴로움에서 벗어나 기쁨을 갑절로 누리기를

하늘을 향해 빌고 또 빈다오.

그리고 글의 끝에 덧붙여 썼다.

파랑새 날아와 소식을 전해 주니

잠시나마 그리움에 눈물이 흐른다오.

오늘밤에 선녀를 만나지 못한다면

이 남은 목숨 죽어 저승에 가서라도 찾으리라.

취금이 시를 가지고 돌아가는데 마치 바람이 사라지듯 눈 깜짝할 사이에 없어졌다. 치원이 혼자 시를 읊으며 그들을 기다리는데 알 수 없는 향기가 풍겨오며 두 여자가 다가왔다. 마치 한 쌍의 구슬이나 연꽃처럼 아름다웠다. 치원이 반갑게 맞이하여 절하고 말했다.

"이 치원은 저 바다 건너에서 온 하찮은 사람으로 이곳의 관리로 부임해 왔소. 그런데 이렇게 아리따운 선녀들과 만나리라고 생각이나 했겠소? 그냥 한번 장난삼아 읊은 시인데 이렇게 와 주어 감사하오."

두 여인은 말없이 미소만 지었다. 최치원은 다시 시를 지어 읊었다.

이 좋은 밤 만난 인연 너무나 행복하오.

지나가려는 봄을 그대로야 보내겠소?

나는 진천의 여인〔秦川女〕 같은 이를 그리워했는데,

당신은 식부인* 같은 이인지도 모르겠구려.

붉은 치마를 입은 여인이 토라진 모습으로 말했다.

"우스갯소리라고 생각하오나, 저희는 남편을 섬긴 일이 없습니다."

"아무 말도 하지 않기에 농담삼아 한번 해본 거요."

두 여자는 모두 웃었다. 치원이 다시 물었다.

"그래. 낭자께서는 어디에 사는 무슨 성을 가진 사람입니까?"

붉은 치마를 입은 여인이 눈물을 흘리며 말했다.

"저희는 율수현 초성 마을에 사는 장씨 성을 가진 집안의 두 딸입니다. 아버지께서는 이 지방의 귀족으로 재물이 아주 많은 부자였습니다. 제 나이 열여덟, 동생 나이 열여섯 되던 해에 저는 소금 장수와, 동생은 차(茶)를 파는 장수와 혼인이 결정되었습니다. 우리 자매는 신랑감이 마음에 들지 않아 답답한 심정을 풀지 못하고 그만 죽고 말았습니다. 바라건대 수재께서는 나무라지 마십시오."

"조금도 탓하지 않겠소. 이곳에 묻힌 지 오래되었고 이 여관과도 멀지 않은데 그 동안 많은 영웅 호걸이 지나갔을 게 아니오? 그래 그 동안 어떤 미담이라도 있소이까?"

분홍 저고리를 입은 여인이 말했다.

"이곳을 지나는 사람은 모두 옹졸한 자들이었습니다. 오늘 훌륭한 수재를 만나 서로 깊은 이야기를 주고받을 수 있게 되어 다행으로 생각합니다."

치원이 두 여자에게 술을 따라 주며 말했다.

"우리 속된 인간 세상의 음식을 신선 세계에서 사는 낭자 같은 이도 드실 수 있겠소?"

붉은 치마의 여인이 말했다.

"아무것도 먹지 않아도 배고픈 줄은 모릅니다. 그러나 오늘은 훌륭하신 선비를 모시고 또 맛있는 음식을 만났으니 어찌 감히 사양하겠습니까?"

그리하여 세 사람은 돌아가며 술을 마시고 또 시를 지어 읊었다. 모두 세상에서 보기 힘든 아름다운 글귀들이었다. 드디어 붉은 치마를 입은 언니가 말했다.

"우리, 달을 주제로 하고 '동녘 동(東)' 자를 운(韻)으로 하여 시를 지어 보지요?"

치원이 그 말에 따라 맨 처음 글귀를 읊었다.

눈에 가득한 금빛 물결 높은 공중에 걸렸는데,
이별의 아쉬운 마음 너나없이 다 같으리〔同〕.

언니가 그 뒤를 이었다.

둥근 모양은 서쪽을 향해 옛길을 찾아가고
그 속의 계수나무, 봄바람〔風〕 없어도 꽃은 피어나지.

분홍 저고리의 동생이 그 뒤를 이었다.

둥근 빛은 밤중이 되자 더욱 밝아지고
밝은 달빛 가운데〔中〕 이별의 슬픔 더욱 애를 끊는다.

치원이 다시 그 뒤를 이었다.

둥근 모양 활짝 펴, 비단 장막에 스며들고
구슬같이 영롱한 빛, 난간[欄]에 비쳐드네.

언니가 읊었다.

인간 세상 이별의 한, 창자가 끊어지는 듯
저승에서 외로운 심사, 원통함도 많아라[窮].

동생이 읊었다.

저 속에 사는 선녀, 꾀도 많아서
자기 집을 떠나 신선의 집[宮]에도 찾아간다네.

치원이 그들의 재주에 감탄하며 이렇게 말했다.
"이곳에 연주할 만한 악기가 없는 게 한스럽소이다."
동생이 여종 취금을 돌아보며 치원에게 일렀다.
"악기는 육성만 못합니다. 이 아이가 노래를 잘 하오니 한 번 부르게 하지요."
그러고는 취금에게 '충정사(衷情詞)'라는 노래를 부르게 했다. 취금의 청아한 노래가 끝나자 세 사람은 술이 거나하게 취하였다. 치원이 두 여자에게 넌지시 떠보았다.
"옛날 노충*이라는 사람은 사냥을 나갔다가 아름다운 인연을 맺었고, 완조*

라는 사람은 약을 캐러 갔다가 선녀를 만났다고 하는데, 만일 낭자들께서 허락하신다면 우리의 사랑도 이루어 봄이 어떠하겠소?'

두 여자가 동시에 허락하며 말했다.

"옛날 순(舜)임금은 요(堯)임금의 두 딸을 왕후로 삼았고, 주량*은 나라의 장수로 나갈 때 자매인 두 아내를 데리고 갔습니다. 옛사람도 이러한데 저희라고 안 될 것이 있겠사옵니까?'

치원이 기뻐하며 자매를 양쪽에 누이고 함께 잤는데 세 사람의 오붓한 정은 말로 다 형용할 수 없었다. 치원이 농담삼아 말했다.

"나는 옛날 제(齊)나라 미인인 황공의 딸* 같은 이를 마다하고, 남의 무덤 곁에서 진나라 공주 선화부인(宣華夫人)의 여종이나 끼고 잘 줄 알았는데 뜻밖에도 이와 같이 좋은 인연을 만났구려."

언니가 시로 대답하였다.

듣고 보니 낭군은 훌륭한 이가 못 되는 것 같아

남의 종이나 데리고 자는데 이골이 났나 보구려.

동생이 뒤를 이었다.

어쩌다가 바람난 남자에게 몸을 허락하고

경멸하는 말로 욕까지 먹은, 신선의 신세가 되었네.

노충(盧充): 한(漢)나라 범양 사람. 집으로부터 서쪽으로 40리 지점에 최소부(崔少府) 딸의 무덤이 있었는데, 어느 날 사냥을 갔다가 그 무덤의 망령과 결혼하여 아들을 낳았다고 한다.

완조(阮肇): 후한때 사람. 유신(劉晨)과 함께 약을 캐러 산에 들어갔다가 두 사람의 선녀를 만나 그들과 결혼해서 살다가 집으로 돌아오니 그의 자손은 이미 7대 후손이었고, 자기가 가는 천태산에 있는 사당에 누워 있었으며 후손들이 제사를 지내고 있었다.

주량(周良): 송나라 남성 사람. 자는 원충(元忠) 육구연(陸九淵)의 문인.

황공(黃公)의 딸: 황공은 제나라 사람으로 두 딸이 모두 미인이었다. 겸손이 지나쳐 늘 자기 딸들을 추녀라고 말했다. 그리하여 세상 사람들이 그 딸들과 결혼을 하지 않으려고 했다. 결국 그 딸들은 어느 홀아비한테 시집을 갔는데 나중에 그 딸들이 미인이었음을 알고 모두들 감탄하였다고 한다.

치원이 답하였다.

오백 년 만에 처음 나같이 좋은 사람 만나
참으로 즐거운 하룻밤 함께 보냈지.
이 미치광이 나그네와 친해진 것을 괴이히 여기지 말게.
봄바람은 일찍이 귀양온 신선이 점찍었는걸.

조금 있자니 달이 지고 닭이 울었다. 두 여자가 놀라며 말했다.
"기쁨이 지나가면 슬픔이 오고, 이별이 길면 만나는 날이 가까워지는 것이
인간 세상의 이치인데, 죽음과 삶의 다른 세상에 있는 우리야 더 말할 나위가
있겠습니까? 저희는 밝은 대낮을 두려워하면서도 좋은 때를 그냥 보내기 아까
워 이렇게 수재님과 함께 하룻밤을 즐겼습니다. 그러나 이제 천년 세월 이별의
한을 품고, 다시는 못 만날 기약을 아쉬워할 때가 되었습니다."
그리고 두 여자는 시 한 편씩을 읊었다. 다음은 언니의 시이다.

별자리 돌아가자 밤을 알리는 바루(罷漏) 소리 요란하여
이별의 정 하소연하려니 눈물만 맺히네.
천년 세월 풀지 못할 이별의 한을 이렇게 맺어 놓고
이 기회 다시 오기를 막연히 기대하네.

다음은 동생의 시이다.

서산에 지는 차가운 달, 창 너머로 얼굴 비추고
새벽바람 옷에 스미니 푸른 눈썹 찌푸리네.

임을 이별하는 걸음걸음 창자가 에는 듯

애틋한 임과의 사랑 꿈속에서도 만나기 어려우리.

치원은 시를 보고 흐르는 눈물을 주체할 수 없었다. 두 자매가 치원에게 부탁하였다.

"혹시라도 뒷날 이곳에 들르거든 황폐해진 저희 무덤이나 손질해 주소서."

말이 끝나자 자매는 눈앞에서 사라졌다.

다음날 아침 치원이 무덤가에 이르러 쓸쓸히 휘파람을 불며 거닐다가 장가(長歌) 한 편을 지어 노래 불렀다.

풀숲 우거진 곳에는 두 여자의 무덤뿐

전해 오는 옛 자취 누구에게 물을꼬.

넓은 들판 위에 비친 달빛이 서러운데

무산에 깃든 초왕의 낭만만 눈에 삼삼하구나.

이 먼 지방에서 썩고 있는 내 재주 한스러워

우연히 이 외로운 여관을 찾았지.

장난삼아 이 돌비에 새긴 시구,

그 시에 감동했다는 선녀, 밤중에 나를 찾아왔지.

분홍 저고리와 붉은 치마 내 곁에 다가오자

그 향기 나를 감쌌지.

푸른 눈썹, 붉은 볼 모두 속되지 않았고

술마시는 모습, 시에 풍기는 감정 모두 다 출중했네.

지는 꽃 앞에 놓고 술잔을 기울이며

가냘픈 손 드러내며 두 자매는 춤을 추었지.

내 미친 마음 부끄러운 줄 모르고

함께 정을 나누자고 간청하였지.

미인은 한참 고개 숙이고 있더니

반쯤은 웃음 머금고 반쯤은 울고 있었지.

얼굴이 익숙해지자 마음은 불같이 뜨거웠는데

붉어진 그 얼굴, 어찌 술기운 때문만이었겠는가?

아리따운 노래 부르며 기쁜 마음 어울리니

이 밤, 이 즐거운 만남 응당 전생의 인연이었으리.

여인이 들려주는 달콤한 이야기,

한편으로 청아한 노래 소리도 들려주었지.

정이 깊어지고 뜻이 어우러지자 사랑이 아쉬웠는데

이 때는 바로 꽃피는 좋은 시절인걸.

밝은 달은 이불과 베개에 비치고

향기로운 바람은 비단 같은 몸을 간질이네.

부드러운 몸, 이불 속에 싸인 마음,

기쁨이 끝나기도 전에 이별의 순간은 다가왔지.

두어 마디 아쉬운 노래, 외로운 넋을 달래고

깜박이는 등불은 두 줄기 눈물을 말없이 반사하네.

새벽과 함께 학을 탄 두 선녀 흩어져 가니

내 홀로 서성이며 꿈속인가 의심해 보네.

생각하면 꿈도 같고 생시인 듯도 한데

하염없이 저 하늘에 떠가는 구름만 보네.

말이 울자, 돌아갈 길 바라보다가

미친 마음, 다시 을씨년스런 무덤을 찾았네.

이십오

비단 신발 꽃다운 맵시 찾아볼 수 없고

꽃 한 송이만 아침이슬에 젖어 있구나.

애타도록 고개 돌려 자꾸 바라보지만

적막한 저승의 문, 누가 열 수 있을까?

말고삐 잡고 바라보니 눈물은 하염없고

채찍을 든 채 시를 읊으니 슬픔만 더하네.

늦은 봄바람 불어오는 저문 날에

버들강아지가 꽃바람 타고 어지러이 흩날리네.

언제나 나그네 마음은 봄날이면 애처로운데

꽃 같은 모습 그리며, 이별의 정이야 말해 무엇 하랴.

인간에게 근심은 사람을 죽게 하는 것,

비로소 영광의 길은 알았지만 갈 곳은 막연하네.

영화를 누리던 동대(銅臺)는 풀로 우거졌고

풍류를 즐기던 금곡(金谷) 동산은 한순간의 봄이었지.

신선을 따라갔던 완조, 유신은 속된 인간

진시황이나 한무제도 신선은 못 보았지.

당시의 훌륭한 놀이 이제 찾을 길 없지만

뒷세대에 남긴 그들의 이름 서글퍼지기만 하네.

살며시 왔다가 갑자기 가버렸으니

이로 보아 비바람과 같이 무상함을 알겠다.

나는 이곳에서 두 자매를 만나

초양왕과 무산의 옛일 흉내내었지.

대장부인 나에게 다짐하노니

장부의 기질은 아녀자의 여린 기운 버려야 하는 것,

결코 요괴나 여우 같은 것에 홀리지 않으리.

그 후 최치원은 신라에서 높은 벼슬에 임명되어 돌아왔다. 그는 돌아오는 도중에 다음과 같은 노래를 불렀다.

뜬세상 영화는 꿈 가운데 꿈인걸
흰 구름 깊은 곳에 몸을 쉬겠네.

그는 마침내 벼슬을 그만두고 산과 바닷가에서 중을 상대하고, 작은 집을 지어 글을 읽고 글씨 쓰기를 좋아했다. 여러 곳을 찾아 노닐었는데 경주 남산의 청량사(淸凉寺)나 합포현(合浦縣)의 월영대(月影臺)나 지리산의 쌍계사(雙溪寺)와 석남사(石南寺) 등이 그가 머무르던 곳이다. 묵천석대(墨泉石臺)에 심은 목단(牧丹)은 지금까지 남아 있으니 이것들이 모두 그의 유적이다.

그는 마지막으로 가야산 해인사에 숨어 살았는데 그의 형 대덕현준(大德賢俊)과 남악사정현(南岳師定玄)과 함께 어려운 경서를 탐독하며 신선의 세계에서 노닐다가 생을 마쳤다.

—『수이전』

남원 지방에 양씨(梁氏) 성을 가진 사람이 있었는데, 그냥 양생이라고 불렀다. 일찍이 부모를 여읜 뒤 장가를 못 가고 혼자 만복사라는 절의 동쪽에서 살았다.

때마침 봄이 되어 밖에는 배꽃이 흐드러지게 피었는데 달빛을 받아 나무 위에 은을 뿌려 놓은 듯이 환하였다. 그는 잠을 이룰 수가 없어서 달빛이 어린 배꽃 그림자를 밟으며 시 두 수를 지어 읊었다.

배꽃나무 한 그루 적막 속에 서 있으니
저 밝은 달밤, 그냥 보내는 것 같아 안타깝구려.
창가에 혼자 누워 잠 못 자는 이 젊은이
어디선가 들려오는 애절한 퉁소 소리.

외로운 저 비취새 혼자서 날고
짝 잃은 원앙새도 비 갠 강물 위에 노닌다.
누가 나에게 바둑이나 두자고 안 하는가?
공연히 등불을 켜 놓고 근심스레 창문을 의지했네.

그가 시를 읊는 동안 어디선가 이런 소리가 들렸다.
"자네가 만일 좋은 짝을 얻으려고 하면 근심할 필요가 없네."
다음날은 3월 24일로 이 지방에서는 만복사에 등불을 달고 복을 비는 날이므로 온종일 근처 사람들이 몰려와 자기의 소원을 빌었다. 날이 저물고 염불 소리도 뜸해지자 양생은 절로 들어가서

양생이라는 젊은 선비가 만복사에 가서 자신의 짝을 지어 달라고 부처님과 저포로 내기하여 이겼다. 그러자 그날밤 여인이 나타났고 둘은 백년가약을 맺어 며칠 동안 즐겁게 보냈으나 나중에 보니 여인은 죽은 귀신이었다는 비극적인 내용의 소설.

저포*를 가지고 부처님 앞에 던지며 이렇게 기도하였다.

"오늘 제가 부처님과 저포로 내기를 하겠습니다. 만일 제가 지면 법연(法筵)을 베풀어 갚을 것이고 부처님께서 지면 저에게 좋은 짝을 맺어 주소서."

그런데 저포놀이에서 양생이 이기자 그는 다시 한 번 부처님에게 다짐했다.

"승부는 끝났습니다. 이제 저의 소원을 들어주셔야 합니다."

그는 불탁 앞에 엎드린 채 꼼짝도 하지 않았다. 얼마가 지났을까, 양생이 엎드려 있는 불탁을 향해 한 여인이 걸어 들어왔다. 나이는 열대여섯 살쯤 되어 보이는데 갈라 빗은 머리에 소박한 옷매무새가 아리따운 모습을 더욱 돋보이게 하여 마치 하늘에서 내려온 선녀 같았다. 양생은 얼른 몸을 피하여 불탁 뒤에 숨어서 여자의 동정을 살폈다.

여자는 불탁 위에 놓인 기름 등불의 심지를 돋우고 향불을 꽂은 뒤에 세 번 절을 하고 꿇어 엎드렸다. 길게 한숨을 쉰 뒤에 이렇게 중얼거렸다.

"운명이 기구하기가 어쩌면 이럴 수가 있사옵니까?"

그러고는 품속에서 축원할 내용을 적은 글을 꺼내어 탁자 앞에 놓았다. 내용은 이러했다.

"아무 고을 아무 마을에 사는 이 몸은 삼가 부처님께 아뢰옵니다. 왜적이 해마다 국경을 침입하여 봉화가 연달아 타오르고 관리들은 도망갔으며 백성들은 왜구의 노략질에 쫓겨 사방으로 흩어졌습니다. 그리하여 부모와 친척, 종들이 각자 살기 위해 뿔뿔이 흩어지게 되었는데 첩은 수양버들 가지처럼 연약한 몸으로 멀리 도망갈 수가 없어서 스스로 깊은 안방에 숨어 살면서 절개를 지키고 있었습니다. 그러나 부모님께서는 난리통에 여자가 수절하고 살기 어려움을 아시고 저를 이 근처의 숲속으로 피신시켜 주셨습니다. 그런 지 어느덧 3년이 흘러, 달밝은 가을 밤과 꽃피는 봄날을 애끓는 마음으로 보내며 덧없

저포(樗蒲) 백제 때 사용하던 놀이의 한 가지. 나무로 주사위 같은 것을 만들어 던져 승부를 결정함.

이 떠도는 구름과 끝없이 흘러가는 물을 무료히 바라보면서 텅빈 골짜기에서 한숨으로 세월을 보내옵니다. 바라건대 이 외로운 인생 불쌍히 생각하시어 만일 전생에 정해 준 인연이 있거든 하루빨리 맺어 주시기를 간곡히 빌고 또 비옵니다."

여인은 축원을 끝내고 속으로 흐느껴 울었다. 그 때 불탁 뒤에 있던 양생이 여인 앞으로 나와 여인의 축원문을 들고 읽어 보았다.

"내 일부러 엿들으려고 한 것이 아니라 우연히 아가씨의 고백을 듣게 되었소. 가엾은 생각에 이 축원문도 읽어 보았소. 하지만 여자의 몸으로 이 어두운 밤중에 한적한 이곳에 오다니 놀랍소이다."

여자는 그리 놀라는 기색도 없이 양생에게 이렇게 말했다.

"첩의 안타까운 사정을 이미 아셨으니 더 이상 의아해 할 필요가 없을 듯합니다. 다만 부처님이 정해 주신 인연으로 생각하십시오."

당시 이 절은 오래되고 낡아서 중들은 한쪽 모서리 방에서 거처하고, 부처를 모신 법당은 휑뎅그렁하게 마룻바닥만 있었으며, 마룻바닥 끝에 판자로 막은 좁은 방이 하나 있었다. 양생은 여자의 손목을 잡고 방으로 들어가 뜨거운 정을 나누었다.

얼마가 지났는지 모르지만 달이 동산 위에 걸려 있고 조금 있자니 창문에 달그림자와 함께 발자국 소리가 들려왔다. 여자가 나직이 말했다.

"거기 왔느냐?"

"그러하옵니다. 평소에는 혼자서 집 밖에 나가는 일이 없사온데 오늘 저물녘에 우연히 나가시더니 지금까지 소식이 없어 이렇게 찾아왔사옵니다."

바깥에서 여자 아이의 목소리가 가느다랗게 들려 왔다.

"그래, 오늘 일은 우연한 일이 아니다. 하느님이 도와 주시고 부처님이 정해 주신 인연으로 훌륭하신 어른을 맞이하여 한평생 함께 늙기로 약속하였다. 부모님에게 아뢰지 않고 혼인하는 것은 비록 옛 성인의 가르침은 아니지만 잔치를 베풀어 즐기는 것은 역시 기이한 만남을 즐기기 위함이다. 너는 어서 집으로 돌아가 술상이나 좀 차려 오너라."

계집종이 돌아간 뒤에 두 사람이 천천히 정원으로 나오니 벌써 한밤중이 지나 새벽녘이 다가오고 있었다. 정원에는 탁자에 조촐한 안주와 달콤한 술이 마련되어 있었다. 소박한 그릇과 특이한 술 향기는 인간 세상에서 경험하지 못한 것이었다. 양생은 속으로 이 여인은 귀족집 딸로 부모 몰래 축원을 하러 집을 나왔으리라고 생각하고는 여인이 권하는 대로 술을 받아 마셨다. 술이 거나해지자 그는 흥이 났다. 여인이 계집종에게 권주가를 부르게 한 뒤에 이렇게 말하였다.

"이 아이가 부르는 노래는 모두 옛날에 부르던 노래입니다. 바라건대 가사 한 편을 지어 주시어 이 아이에게 부르게 하면 어떻겠습니까?"

양생이 기쁜 마음으로 응낙하고 곧이어 「만강홍(滿江紅)」이라는 노래 한 편을 지어 계집종에게 부르게 하였다.

쓸쓸한 봄바람 얇은 비단 적삼 속으로 스며드는데
향불이 꺼질 때마다 몇 번이나 애를 끊었는가?
날 저문 산은 검은 눈썹 드리우고 구름은 일산을 폈는데
원앙 수놓은 이불은 함께 덮을 사람 없어라.
흐트러진 머리 빗지도 않고 피리를 부니
덧없는 세월 총알처럼 빠르기도 하여라.
내 마음은 등불처럼 연기도 없이 타들어 가는데
호소할 데도 없이 눈물만 흘리네.
오늘밤 귀한 손님 만나 따뜻한 정 하소연하니

마음속에 품었던 천고의 한, 단숨에 풀어 버렸네.

한 곡조 부르고 은술잔 기울이니

아까까지 눈썹을 찌푸리던 한(恨), 후회스럽기만 한 것을.

노래가 끝나자 여인은 슬픈 표정으로 말했다.

"그 옛날 신선 세계에서 어긴 약속, 오늘 이곳에서 잇게 되니 참으로 다행한 일이 아닙니까? 낭군께서 저를 버리지 않으신다면 끝까지 낭군님의 시중을 들겠사옵니다. 그러나 첩의 부탁을 들어주지 않는다면 영원히 이별할 것입니다."

"내가 당신의 부탁을 들어 주지 않을 리가 있겠소?"

양생은 놀란 듯이 이렇게 말하였으나 여인의 태도가 조금은 이상스럽다고 생각하였다. 당시 달은 이미 서쪽 산 위에 걸리고 먼 마을에서는 닭 울음소리가 들려 왔으며 절에서는 새벽 종소리도 울려 왔다. 새벽 하늘이 밝으려는 순간이었다. 여인이 계집종에게 말했다.

"얘야, 어서 자리를 거두도록 하여라."

계집종은 말이 떨어지기가 무섭게 어디론가 사라졌다. 앉았던 자리에는 술이고 안주고 탁자고 아무것도 보이지 않았다. 여인이 말했다.

"우리 사이에 인연은 이미 정해진 것, 어서 집으로 돌아가십시다."

양생은 여인이 하자는 대로 여인의 손을 잡고 마을로 내려왔다. 마을에서는 개가 짖어 대고 사람들이 오고 갔지만 사람들은 양생과 함께 걸어가는 여인은 보지 못하는 모양이었다. 누군가 양생에게 말을 붙여 왔다.

"아니, 이렇게 이른 아침에 어디를 갔다가 오는가?"

"지난밤에 술이 취하여 만복사에서 자고 돌아오는 길일세."

그러나 여인은 그를 마을 근처의 숲속으로 데려갔다. 사람의 발자취라곤 없이 풀만 우거진 곳이었다. 양생이 말했다.

삼십이

"아니 이런 곳에 어떻게 거처한단 말이오?"

"여자만 사는 집이 별 수 있겠습니까?"

그리고 농담삼아 이렇게 말했다.

"행길에 이슬 차니 초저녁에 길을 다니지요. 그러지 않으면 이슬에 많이 젖었다고 욕한다잖아요?"

양생도 웃으면서 대답하였다.

"여우 한 마리 어슬렁거리며 여울목을 건너는데 많은 사람이 보는데도 부끄러움 없이 꼬리친다네 하는 노래 들어 보았소?"

두 사람은 서로 보고 웃었다. 개녕동(開寧洞)이라는 마을로 들어가니 쑥대와 가시나무가 하늘을 가릴 만큼 우거진 곳에 조그마한 집이 있었다. 집안은 매우 정결했고 방안에 둘러친 휘장이나 이부자리는 화려한 무늬는 없었지만 매우 깔끔하였다. 계집종은 어느새 어제 저녁과 같이 술상을 차려 놓았다. 양생은 거기서 3일 동안을 질탕하게 먹고 마시며 사랑에 흠뻑 빠져 지냈다.

사흘째 되는 날 아침 여인은 양생에게 말했다.

"이곳의 사흘은 다른 곳에서 3년과 마찬가지입니다. 낭군께서는 이제 집으로 돌아가시어 앞으로 살 방법을 찾으셔야 합니다."

그리고 술자리를 마련하여 이별 잔치를 베풀었다. 양생이 놀라며 말했다.

"아니, 이게 갑자기 무슨 말이오. 우리 한평생을 같이 살자고 하지 않았소?"

"하지만 다음에 다시 만나서 평생의 소원을 이뤄야 합니다. 우리가 이렇게 만났다 헤어지는 것도 모두 인연 때문입니다. 그러나 낭군님이 떠나기에 앞서 저의 이웃에 사는 친족과 만나 인사나 하십시오."

양생의 허락이 떨어지기가 무섭게 여인은 계집종을 시켜 네 명의 여인을 불러 왔다. 성이 정씨, 오씨, 김씨, 유씨이며 모두 귀족 집안의 처녀였다. 성품이 온순하였고 얼굴도 예뻤으며 문장도 잘했다. 그들 중 정씨가 시 4수를 지어 양생에게 이별 시로 주었다.

봄밤에 달과 꽃은 아름답기도 한데,
근심에 싸인 세월 몇 해나 되었는고?
스스로 한하노니, 저 하늘에 나는 비익조* 되어
쌍쌍이 춤추며 날지 못하는 것이구려.

칠흑 같은 어둔 밤 어느 때쯤 되었는가,
북두성 가로 돌고 달은 반쯤 기울었네.
쓸쓸한 우리집 사람은 오지 않으니
푸른 적삼 흐트러지고 머리카락도 헝클어졌구나.

시집 가려는 약속 마침내 어긋나고

모든 것은 봄바람과 함께 지나가고 말았지.
베갯머리 눈물 흔적 몇 개나 생겼는가,
뜰에 가득 쏟아지는 비가 배꽃을 두들기네.

봄맞는 마음 무료하여
적막한 산속에서 몇 밤이나 보냈는가?
저 신선굴로 통한다는 남교*에 건너는 사람 없으니
어느 때 운영은 배항을 만날 것인가?

오씨도 시 4수를 읊었다.

비익조(比翼鳥) 암수가 날개 하나씩을 달고 있어서 두 마리가 합쳐야 비로소 날 수 있다는 상상의 새.

남교(藍橋) 신선의 굴이 있다는 다리. 당나라 때 배항(裵航)이 남교에서 선녀인 운영(雲英)을 만나 결혼을 하고 신선이 되었다고 함.

절 안에 향불 피우러 들어가서

남몰래 돈을 걸고 누구에게 중매를 부탁했는가?

봄꽃 가을달 보며 한없이 쌓인 한을

술동이 앞에 놓고 술로써 잊어버렸지.

고루 내린 아침이슬 복숭아꽃 뺨 적시었네.

깊은 산골짜기 봄은 깊은데 나비는 아니 왔지.

이웃 처녀 짝을 찾았다는 소식 기뻐,

새로 지은 노래 한 곡조에 술 한 잔 따라 올리나이다.

해마다 제비는 봄을 맞아 춤을 추지만

애끓는 이 마음 모든 것이 끝난 것을.

부러워라, 저 연꽃은 꽃술과 함께 피어

깊은 밤 연못물에 함께 목욕하는 것을.

푸른 산속 나지막한 누각에

연리지* 한 그루 꽃이 피었구나.

우습다, 우리 인생 저 나무만도 못하여서

젊은 나이에 운명을 한탄하며 눈물만 흘리는걸.

이번에는 김씨가 얼굴빛을 고치며 정씨와 오씨의 글을 나무랐다.

　"자네들이 지은 가사들은 너무 선정적이지 않소? 그래, 이런 글이
인간 세상에 전해진다면 우리를 얼마나 천박하다고 생각하겠소?"

　그녀는 말을 끝내고 낭랑한 목소리로 다음 노래를 들려주었다.

연리지(連理枝) 두 개의 뿌리가 올라와서 한 가지가 된 나무로, 부부간의 사랑이 영원히 변하지 않음을 상징함.

새벽 바람 타고 들려 오는 두견새 울음소리
별자리는 조용히 동쪽 하늘에 떨어지는구나.
옥퉁소 다시 잡고 불지를 마소.
우리들의 그리운 정 속인들이 엿보리.

금잔에 술을 따라 놓은 뒤에
사양하지 말고 취하도록 실컷 마시자구.
내일 아침 거센 바람에 꽃이 다 떨어지거든
이 한 봄 꿈이 되고 마는걸 내 어찌할 건가.

푸른 비단 옷깃 여미지 못하고
거문고 가락 소리 들으며 술에 취해 버렸네.
북받치는 흥 못 풀어 돌아갈 수가 없어서
다시 새로운 말을 모아 시를 지어 노래하네.

흙 속에 묻힌 세월 흩어진 머리 몇 번이나 매만졌는가.
오늘에야 사람을 만나 한 번 웃어 보았지.
옛날 옛적 귀신의 세계 이야기하지 말게.
바람처럼 흐르는 말소리 인간 세계에 전해지리.

　이번에는 유씨가 흰 옷에 소박한 치장을 하고 법도 있는 걸음걸이로 앞으로
나와 조용히 글을 썼다.

　정절을 지키고 산 지 몇 년이나 되었는가.

나의 넋은 해골과 함께 깊은 땅속에 머물렀네.
봄밤에는 늘 달나라 선녀와 짝하여
계수나무 숲속에서 잠을 잤지.

우습다, 봄에 피는 저 복숭아꽃, 오얏꽃은
점점이 떨어져 사람이 사는 집에 흩날리네.
한평생 저 파리똥 같은 하찮은 오점(汚點)도 멀리한 것은
행여나 깨끗한 옥에 티가 될까 두려워서지.

연지분 바르지 않고 머리는 쑥대같이 헝클어졌으니
향수 통은 티끌에 묻히고 거울엔 푸른 녹이 났네.
오늘 아침 다행스럽게도 이웃집 잔치에 초대되어
부끄러운 마음으로 족두리 쓰고 특별히 치장도 했다네.

아가씨는 오늘 선비와 짝을 지었으니
하늘이 정해 준 인연, 정도 깊어라.
월로*가 이미 짝을 맺는 실을 꿰어 주었으니
이제부터 양홍과 맹광*처럼 서로 존경하며 사시오.

여인은 유씨의 마지막 시구에 감동하여 자리에서
일어나 말했다.
  "저도 일찍이 문자를 좀 배웠습니다. 그냥 있을 수
있겠습니까?"
  그러고는 다음과 같이 시를 읊었다.

월로(月老) 인간에게 가을 지어 준다는 신이며 월하노인(月下老人)의 준말. 어떤 노총각이 달밤에 무엇을 하느냐고 묻자 사람들의 짝을 지어 책을 보는 늙은이에게 무엇을 하느냐고 했더니 그는 주머니에서 붉은 실을 꺼내어 마침 자기 앞을 지나는 소녀의 발목에 꿰어 주었다. 그의 말을 믿지 않았던 총각이 몇 년 후 결혼을 하고 보니 그날 저녁에 만난 그 소녀였다.

양홍(梁鴻)과 맹광(孟光) 옛날 모범적인 부부. 이 두 사람은 부부지만 서로 존경하여 부인은 맹광에게 밥상을 올릴 때에 존경의 표시로 반드시 상을 눈썹까지 올려 바쳤다고 함.

삼십칠

개녕동 골짜기에 봄이 찾아와

꽃피고 꽃지는 동안 온갖 시름 느꼈지요.

초산*에 님이 보이지 않으니

소상강 대나무 아래서 눈물만 흘렸지.

비 갠 강에는 날이 따스하니 원앙새 쌍쌍이 즐기고

저 높은 구름 위에는 비취새가 날고 있지.

지금 우리 두 사람 마음이 합쳐 두 가닥 실로 묶였으니

가을에 비단 부채처럼 버려지는 신세 되지 않게 하소서.

양생도 그냥 있을 수가 없어서 고풍으로 된 노래 한 편을 읊었다.

오늘밤 만난 선녀들 얼굴도 아름다운걸.

앵두 같은 입술에 흘러나오는 노래는

이안* 같은 시인도 입을 다물 것이오.

베를 짜던 직녀*가 베틀을 버리고 내려온 듯하고

달나라 선녀가 절구방아를 던져 버리고 내려온 것 같구려.

화사한 치장은 잔칫자리를 환하게 빛내고

돌리는 술잔은 즐거움을 더해 주는걸.

남녀 간의 정사야 아직 익숙지 못하나

어울려 술마시고 노래하는 일이야 못할 것 있으랴.

신선이 산다는 봉래섬에 어쩌다 잘못 들어와

풍류객인 선녀들을 만나 영광스럽게 노닐게 되었네.
맛 좋은 술은 술잔에 넘치고
냄새 좋은 향불은 금향로에서 향기를 뿜어내지.
백옥으로 만든 탁자 앞에는 향기가 가루처럼 날리니
미풍에 날려 온 음식의 향기인가.
선인들 여기 모여 우리 혼인 축하하고
오색 구름 나직이 깔려 우리 인연 얽어 주네.
사람이 살면서 서로 만나는 것은 정해진 인연,
검은 머리 희어질 때까지 우리 함께 살아갈 거요.
낭자는 무엇 때문에 경솔하게
가을 바람에 버려진 부채에 비유하오?
우리 오래오래 짝이 되어
꽃도 보고 달도 보며 서로 의지하며 살아가고지고.

술자리가 끝나 서로 헤어지려고 할 때에 여인은 은 밥그릇 하나를 주면서 말했다.

"내일 우리 아버님이 저에게 음식을 주려고 보연사(寶蓮寺)로 올 것입니다. 그 때 낭군께서 저를 버리지 않으신다면 길가에서 기다리다가 저와 함께 절에 찾아가 부모님을 뵙도록 하십시다."

다음날 아침 양생은 여인이 시키는 대로 보연사로 가는 길목에 서 있었다. 멀리서 귀족의 행차가 다가와 앞에 대상(大祥)이라고 쓴 영정이 지나가고 그 뒤로 수레와 말이 따라왔다. 그리하여 밥그릇을 들고 서 있는 양생의 곁을 지나게 되었다. 행렬 중에 한 사람이 큰 소리로 외쳤다.

"저 사람이 우리 아가씨의 순장품(殉葬品)을 훔쳐갔습니다."

"그게 무슨 말이냐?"

주인인 듯한 사람이 놀라서 물었다.

"저 사람이 든 그릇이 바로 아가씨 그릇입니다."

주인은 말을 양생 앞으로 몰고 와서 까닭을 물었다. 양생이 그 동안 있었던 일을 들려주자 그의 말을 의심스러워하며 이렇게 말했다.

"나에게는 딸 하나밖에 없었소. 그런데 지난번 왜적의 난리에 살해당했소. 아직까지 정식으로 장사도 치르지 못하고 개녕사 근처의 숲속에 가매장을 한 것이오. 오늘이 그 아이가 죽은 지 3년째 되는 대상날이라 절에 가서 재(齋)를 올려 명복을 빌려는 참이었소. 당신이 만일 내 딸아이와 약속을 하였다면 이 자리에서 기다리다가 데리고 오시오."

양생은 그의 말대로 기다렸다. 한참 있다가 과연 여인이 계집종을 데리고 사뿐사뿐 걸어왔다. 양생은 여인의 손을 잡고 절로 들어갔다. 여인은 절 안에 들어서자 부처님께 예를 올리고 하얀 휘장 뒤로 들어가더니 양생에게 따라 들어오라고 하였다. 양생은 이 내용을 여인의 부모에게 말했으나 다른 사람들은 전혀 여인의 모습을 볼 수가 없었다. 부모는 양생에게 여인이 하자는 대로 해달라고 부탁하고 밥과 음식을 상에 차려 들여보내자 숟가락 드놓는 소리가 마치 산 사람이 하듯 들려 왔다. 부모는 놀라고 기뻐하며 양생에게 함께 밤을 지내 달라고 하고는 휘장 밖에서 밤을 새웠다. 휘장 안에서 들려오는 딸의 목소리가 은은하여 자세히 들으려고 하면 그치고 말았다. 여인이 양생에게 말하였다.

"첩이 성인(聖人)의 윤리를 저버리고 사사로이 남자와 사귄 것이 예의가 아닌 것은 잘 알고 있습니다. 곧 치마를 걷고 남자를 따라간다든지 짐승들처럼 정사를 즐기는 것이 부끄러운 일이라는 것을 말입니다. 그러나 오래도록 풀숲 속에 버려져 있어서 너무나 외로운 나머지 바람기가 발동하여 스스로 억제하지 못하고 며칠 전에 부처님 앞에 나아가 스스로 운명이 기박함을 호소하였던 바

부처님의 가르침으로 삼세*의 인연을 만나 결혼하여 백년 동안 절개를 지키고 남편의 시중을 들면서 여자로서의 도리를 다하려고 했습니다. 그러나 전생에 지은 죄를 피할 수 없어서 우리 서로 만난 기쁨이 다하기 전에 이렇게 떠나게 됩니다. 천둥 번개가 지나고 나니 사랑의 비가 개고 까마귀, 까치가 은하수를 떠나니 견우와 직녀가 이별을 하게 되었습니다. 이제 한 번 이별하고 나면 다시 만나기 어려울 것입니다. 이 슬픈 마음 무어라 말해야 할지 모르겠습니다."

여인은 울며 모습을 감추었으나 울음소리와 함께 낭랑한 말소리가 공중에서 은은히 들려 왔다.

"낭군님! 저를 오래오래 잊지 말아 주십시오. 저에게 짝을 지어 주지 못해 애태우시는 우리 부모님을 저 대신 위로해 주십시오."

마침내 그 소리는 메아리처럼 사라졌다. 부모님도 딸의 영혼이 떠났음을 느꼈고 양생도 그 여인이 귀신임을 알았지만 연민의 정 때문에 두려움을 느끼지는 않았다. 여인의 부모가 양생에게 말했다.

"그 은 밥그릇은 당신이 가지시오. 그리고 딸아이 앞으로 두어 이랑 땅이 있고 종도 두어 명 있으니 당신이 그것을 관리하고 우리 딸아이의 영혼이나 달래 주시오."

다음날 양생은 부모의 부탁대로 술과 안주를 장만하여 여인과 노닐던 개녕동을 찾아갔다. 역시 여인의 가묘였다. 양생이 잔을 드리고 소지 종이를 사르고 돈을 던져 놓은 뒤에 가묘를 파서 다시 그 자리에 정식으로 매장하였다. 그리고 제문을 지어 낭독하였다.

"그대의 영혼이여, 태어나서 온순하고 자라며 깨끗하였고 그 모습은 월나라 서시(西施)같이 아름다우며 시문은 송나라 숙진(淑眞)보다 훌륭하였소. 규문 안에 있으면서 늘 부모님의 가르침을 받던 중 뜻밖에 난리를 만나 정조를 지키다가 왜적의 칼날에 희생되니 이렇게 쑥

대밭 속에 외로이 묻혀 있었소. 꽃 피는 봄, 달 뜨는 저녁에 외로이 마음 졸이고, 봄바람에 실려 오는 두견새 소리에 애태우고 서리 오는 가을날에 쓸모없는 부채의 신세가 된 것을 한탄하였소. 지난 하룻밤 우리의 만남은 마음과 정으로 맺어진 사랑이었소. 아무리 유명(幽冥)의 세계가 인간 세계와 다르다지만, 고기가 물을 만난 듯 우리의 기쁨은 형언할 수 없었소. 백년 동안 함께 살자고 약속하더니 하루아침에 이렇게 헤어질 줄을 누가 알았소. 난새를 타고 다니는 달나라 선녀와 비를 몰고 오는 무산의 선녀는 이제 땅이 어두워 못 돌아오고, 하늘이 멀어 바라볼 수도 없게 되었소. 당신의 영혼을 모신 위패를 바라보고 눈물 흘리며 술잔을 올리오. 당신의 고요한 모습을 생각하자 낭랑한 목소리가 새삼 그리워지는구려. 아하 슬프오이다! 당신의 성품은 총명하고 당신의 기상은 자상하였소. 당신의 육신은 사라졌지만 영혼은 지금쯤 어디에 있단 말이오? 가끔 아래로 내려와 이곳 뜰에도 거닐 것이고 때로는 수증기처럼 사람의 곁에도 머물 것이오. 아무리 죽음의 세계와 삶의 세계가 다르다지만 내 간곡한 글에 감동해 주기 바라오."

곧이어 양생은 여인의 부모가 준 집과 밭을 팔아 절에 가서 여인의 명복을 빌었다. 사흘이 되던 저녁에 어디선가 여인의 목소리가 들려 왔다.

"낭군의 축원으로 저는 다른 나라에서 남자로 태어나게 되었습니다. 비록 우리가 사는 곳은 다르지만 낭군의 은혜에 진심으로 감사합니다. 낭군은 부디 불도의 가르침에 따라 좋은 일을 베푸시어 이 윤회의 세계에서 해탈하소서."

그 후 양생은 다시 장가 가지 않고 지리산에 들어가 약을 캐며 살았는데 어디서 죽었는지는 알려지지 않았다.

—『금오신화』

이생은 송도(松都)의 낙타교(駱駝橋) 근처에 살았다. 나이 열여덟에 벌써 시문에 뛰어났으며 타고난 바탕이 우수하여 고려 시대의 대학인 국학(國學)에 들어가 글을 읽었다.

그가 학교를 다니는 길목에 선죽리(善竹里)라는 마을이 있는데, 그 마을에 큰 집이 하나 있었다. 그 집에 사는 최씨 처녀는 열대여섯 살쯤 되었는데 얼굴이 예쁘고 자수(刺繡)에 능하였으며 시문도 잘하여 당시 사람들이 칭찬하기를, "풍류 남아는 이씨 총각, 교양 있는 여자는 최씨 낭자, 재주와 미모가 음식이라면 굶주린 창자를 채울 수 있겠네." 하였다.

어느 날 이생이 옆구리에 책을 끼고 최씨 집 담장 밖을 지나는데, 마침 수양버들 수십 그루가 담 너머로 그늘을 드리우고 있었다. 이생은 그늘 아래서 잠시 쉬다가 담 안을 슬쩍 엿보았다. 그곳에는 많은 꽃이 활짝 피어 있고 벌과 새가 다투어 날고 있었으며 꽃나무 떨기 속에 조그마한 누각이 그림처럼 서 있었다. 마루는 구슬발로 앞을 가렸고 창 안에는 비단 휘장이 드리워져 있었다. 그 때 마루에서 아름다운 처녀가 비단에 수를 놓다가 잠시 멈추고 턱을 고인 채 시를 읊었다.

> 창문에 기대 앉아 수를 놓고 있자니
> 꽃나무 그늘 속에 꾀꼬리 노래하네.
> 까닭없이 부는 바람에 지는 꽃이 아쉬워
> 묵묵히 바늘을 들고 생각에 잠겨 본다.
>
> 길에 앉은 저 선비 누구이기에

서생인 이생이 한 여자를 사랑하다가 그녀의 부모에게 발각되어 고향인 시골로 쫓겨났으나 여자의 지극한 사랑으로 마침내 결혼에 성공한다. 그러나 왜적의 침략으로 결국 여자는 죽고 죽은 여자의 영혼은 산 남편을 만나 못다 한 사랑을 이루지만 이생이 곧 병이 들어 죽고 만다는 비극적인 내용의 소설.

푸른 도포 큰 띠가 어리비치나.
우리 함께 날아가는 제비가 되어
짝지어 구슬발 나들고 담도 넘고지고.

이생이 노래를 듣고 마음이 몹시 설레었으나, 담이 워낙 높고 정원이 깊어서 들어가 볼 수가 없었다. 그는 국학에 갔다가 돌아오는 길에 시 세 편을 백지에 써서 기와 조각에 매달아 담 안으로 던져 넣었다.

무산(巫山, 楚山)의 12봉, 안개 자욱한데
반쯤 드러난 봉우리에 신선의 기운 어렸네.
옛날 초양왕의 외로운 꿈을
그대는 운우(雲雨 : 사랑)로 변해서 달래줄 건가?

옛날 사마상여가 탁문군*을 유혹하던 심정
내 마음도 바로 그 마음인걸.
예쁜 얼굴 담머리에서 배꽃과 고운 자태 견주는데
바람따라 어디로 꽃가루 날아가려는가?

우연히 만난 인연, 좋은 건가 나쁜 건가
마음속에 쌓인 연정 하루가 한 해 같네.
당신이 읊은 스물여덟 자 시(詩), 그 뜻은 짐작했지만
선연(仙緣) 깃들인 남교 다리에서 언제 그대를 만나리?

최씨는 종 향아가 주워다 준 시를 재삼 읽고 난 뒤에 곧바로 여덟

글자의 글을 써서 담 밖으로 던져 보냈다. 그 내용은 이러했다.

"어둘녘에 만납시다."

이생이 그 내용대로 어두울 무렵에 가니 담 안에 있는 복숭아나무 가지에 무엇인가 늘어져 있었다. 가서 자세히 보니 그네줄에다가 실끈으로 대나무통을 달아 놓았다. 그는 그것을 잡아당겨 타고 담을 넘었다. 때마침 달은 동산에 휘영청 밝아서 꽃 그림자가 땅에 어른거렸다. 마치 신선이 사는 곳 같았다. 그러나 자신의 행동이 누구에게 들킬까봐 머리끝이 쭈뼛해졌다. 사방을 조심스레 살펴보니 여인은 이미 꽃나무 사이에서 종과 함께 서 있었다. 그러다가 이생을 보자 미소로 맞으며 미리 마련한 자리에 앉게 한 다음 시 두 구절을 읊어 자신의 뜻을 표현하였다.

복숭아 오얏나무 꽃도 많이 피었는데
원앙새 수놓은 이불 위에는 달빛도 아름다워라.

이생이 그 뒤를 이었다.

언젠가 그 사랑 소식 새어 나가면
거센 비바람 어떻게 견딜는지.

여인이 얼굴을 붉히며 말했다.

"저의 생각은 당신과 혼인하여 한평생을 즐겁게 살려는 것이온데 당신은 어찌하여 이와 같이 겁부터 내십니까? 첩은 비록 여자의 몸이지만 오히려 뜻이 확고하옵니다. 뒷날 이 일이 탄로나서 부모님의 꾸중을 듣더라도 첩이 마땅히 모든 죄를 감당할 각오가 되어 있습니다."

그 때 종 향아가 방안에 있는 술과 과일을 내어 왔다가 여인의 명령대로 다시 방으로 돌아갔다. 사방이 무척 조용하였다. 이생이 물었다.

"어찌 이리 조용합니까?"

"여기는 우리 집의 북쪽 동산으로 아버님께서 누각을 지어 주시고 누각 밑에는 부용지라는 연못도 파서 종과 함께 여기서 마음대로 노닐도록 배려하여 주셨습니다. 아무리 떠들고 놀아도 안채에서는 들리지 않습니다."

최씨 낭자가 대답하였다. 그러고는 술을 따라 이생에게 권하며 고풍시(古風詩) 한 편을 읊었다.

누각의 굽은 난간, 부용지(芙蓉池)를 눌렀는데
연못 위 꽃 사이에 사람 소리 정겨워라.
꽃 향기 안개처럼 피어나니 봄은 무르익었는데
새로 지은 노래 가사 흰 비단에 옮겨 적네.
달빛 따라 꽃 그림자 돗자리 위로 옮겨 오고
잡아당기는 꽃나무 가지마다 꽃비가 쏟아진다.
바람은 맑은 향기 가져다 옷깃에 뿌려 주고
여인은 봄빛을 밟으며 춤을 춘다.
비단옷 가벼이 날리며 해당화 가지를 스치니
꽃 사이 잠든 앵무새 놀라서 날아가네.

이생도 그 노래에 화답하였다.

어쩌다 무릉도원 들어오니 꽃이 어지러이 피어 있어
이 벅찬 감회 말로 다 할 수 없어라.

푸른 머리 갈라서 금비녀 낮게 꽂고

상큼한 봄옷은 푸른 모시로 만들었지.

봄바람에 처음 피어난 병체화(竝蒂花 : 사랑을 상징하는 꽃),

비바람아, 함부로 불어 혹시 저 꽃 떨어뜨릴라.

간들간들 춤추는 선녀의 옷소매 그림자 요란하니

계수나무 그늘에서 항아(嫦娥)가 춤추는 듯.

좋은 일에는 본래 마귀가 따르는 법,

공연히 사랑 노래 불렀다가 앵무새가 옮길라.

둘이서 술자리가 끝나자 여인이 이생에게 말했다.

"오늘 일은 좋은 인연임이 분명합니다. 나를 따라오시어 깊은 정을 나누도록 하십시다."

여인은 이생을 이끌고 북쪽 문으로 들어갔다. 그러자 누각의 위층으로 사닥 다리가 놓여 있었고 이생이 사닥다리를 타고 올라가자 방안에는 책과 글씨를 쓸 도구가 가지런히 놓여 있었다. 한쪽 벽에는 안개 낀 강에 첩첩이 싸인 산을 그린 「연강첩장도(煙江疊嶂圖)」와 묵은 대와 고목을 그린 「황고목도(篁古木 圖)」가 걸려 있는데 모두 명화였다. 그림 위에 쓰어 있는 시는 누구의 작품인지 는 모르나 다음과 같다.

첫째 그림의 시이다.

누구의 붓이 이렇게 힘차게 휘둘러

강 가운데 천첩 산을 그렸는가?

높을씨고 저 방장산, 삼만 길이나 솟아

아득한 구름 사이로 반쯤은 올라갔네.

아득히 보이는 저 먼 곳은 몇백 리나 되는가?

가까운 곳은 우뚝우뚝하여 푸른 상투 모양일세.

넓게 퍼져 간 물결은 먼 공중에 뜬 듯하여

멀리 지는 해를 바라보니 고향이 새삼 그립다.

이 그림 보자니 마음이 설레어

마치 파도 치는 넓은 강이나 바다에 떠 있는 듯하네.

둘째 그림에 쓰인 시는 이러했다.

대나무는 바람에 날려 소리가 나는 듯하고

고목은 뿌리째 누웠는데 감정을 지닌 듯하다.

외틀어진 뿌리에는 푸른 이끼가 자라고

곧게 자란 늙은 줄기, 바람과 천둥 물리쳤다.

대의 가슴엔 신기한 변화 일으키는 구멍이 있지만

신비스런 그 방법, 다른 사람에게야 알리랴?

위언*이 만일 귀신이었다면

그가 누설한 천기, 어떤 기미를 알아챘을까?

비 갠 창가에 멍하니 앉아 마주보고 있으니

그림에 도취되어 정신마저 잃겠네.

위언(韋偃) 당나라 두릉 사람. 산수·죽수·인물을 잘 그림.

또 한쪽 벽에는 사계절 경치를 그린 그림 위에 각각 한 수씩의 시가 쓰여 있는데 작자가 누구인지는 모르나 조맹부의 송설체(松雪體) 중 진서체로 정교하게 쓰였다.

첫번째 폭은 봄 경치였다.

부용 휘장 따뜻한데 향기가 실처럼 피어나고
창밖에는 부슬부슬 떨어지는 꽃비.
누각 안에서 꾸던 꿈, 새벽 종소리에 놀라 깨니
꾀꼬리는 개나리꽃〔辛夷〕핀 언덕에서 노래하네.

제비 새끼는 마루 위에서 날마다 자라고
나는 졸음에 겨워 말없이 바느질을 멈춘다.
꽃나무 위에 쌍을 지어 나는 나비들,
꽃 진 정원을 그늘질 때까지 다투어 날아다니네.

봄 추위 가볍게 치마 속으로 스며드니
봄바람 상대하여 애를 태운다.
쓸쓸한 이 감정 누가 헤아리랴.
피어난 온갖 꽃 속에 원앙새가 춤을 춘다.

봄빛이 사라지며 사방이 누그러지는데
짙은 꽃, 엷은 잎 색깔 창문에 비친다.
뜰 안에 자라는 풀 보며 가는 봄이 아쉬워
구슬발 걷어올리고 지는 꽃 바라본다.

두 번째 폭에는 여름 경치를 읊었다.

밀알은 패고 제비새끼 겨우 나는데
남쪽 정원에는 석류화 만발하였다.

푸른 창 안에 여인들의 칼질하는 소리
아리따운 아가씨 붉은 비단 자르는 듯.

노랑 매화 꽃피는 때 빗발이 가는데
괴화(槐花)에 꾀꼬리 소리 구르고 문발 안에 제비 나든다.
또 한 해의 풍경이 짙어 가는데
동(棟)나무 꽃 지는 곳에 대순이 뾰족 돋아난다.

푸른 살구 손에 들어 꾀꼬리를 쫓아라.
훈훈한 남쪽 바람 긴긴 해는 더디게 떠오른다.
물이 가득한 연못에서 연꽃은 향기를 뿜고
푸른 물결 깊은 곳에 물새가 자맥질한다.

등나무 상, 대나무 자리에는 물결이 찰랑거리고
병풍에 그린 소상강 풍경에는 한 점 구름이 걷힌다.
나른한 몸은 한낮의 꿈에서 깨어나지 못했는데
창문에 비낀 햇빛 서쪽으로 넘어가려 하네.

세 번째 시는 가을 풍경이다.

가을 바람 쌀쌀하니 이슬이 맺히고
가을 달빛 곱고 차니 가을 물이 푸르르다.
기러기 울음 울며 돌아오는데
우물 위에 떨어지는 오동나뭇잎 소리 살포시 들려 온다.

침상 밑의 벌레 소리 애처로우니
침상 위에 누운 미인, 눈물이 방울 진다.
만리 먼 곳 전쟁 나간 남편 생각
오늘밤 전쟁터에도 달은 밝겠지.

새옷 재단하려니 인두가 차갑게 식어
계집종 불러서 다리미 가져오라 하였지.
다리미 불이 꺼져도 깨닫지 못하고
가느다란 피리 소리에 머리를 긁적인다.

작은 연못에 연꽃 떨어지고 파초도 누래지니
원앙새 새긴 기와에 서리가 내렸다.
겹겹이 쌓인 근심에 잠 못 이루는데
귀뚜라미 애끓는 소리 빈 방에 가득하네.

네 번째 시폭에 쓰인 겨울 풍경이다.

창문에 비스듬히 비친 매화 그림자,
빈 뜰에는 바람 소리 빠르고 달빛은 밝다.
화롯불 꺼지지 않게 부젓가락으로 돋우고
종놈 아이 불러 차 달이는 솥 가져오랬지.

수풀잎은 밤중에 나리는 서리에 놀라 떨어지고
돌개바람에 나부끼는 눈발, 행랑에 부딪친다.

온밤 동안 끊임없이 꾸는 임의 꿈,
오늘도 얼음 언 전쟁터에서 헤매고 있네.

창에 비친 해, 봄날처럼 따뜻하니
근심에 싸인 눈썹 졸음에 감겨 온다.
병에 꽂은 매화꽃 반쯤 피어났는데
수줍어 말 못 하는 한 쌍의 원앙.

칼날 같은 서릿바람 나뭇잎을 날려 보내고
달밤에 차가운 까마귀 소리 나의 애를 태운다.
등불 앞에 홀로 앉아 임 생각에 흐르는 눈물,
바느질하는 옷감에 떨어지고 바늘도 부러진다.

다락의 한쪽 구석에는 작은 방이 하나 더 있는데 휘장과 방석 그리고 이불이 매우 잘 정돈되어 있었고 휘장 밖에서는 사향노루의 배꼽을 태우고 난초 기름에 불을 붙여서 향기를 피우는데, 불꽃이 타올라서 대낮처럼 밝았다.

이러한 가운데 이생과 최씨 낭자의 애정은 더할 수 없이 깊어만 갔다. 이렇게 며칠이 지난 뒤에 이생이 여인에게 말했다.

"옛 성인이 가르치기를, 부모님이 계시면 외출을 할 때 반드시 목적지를 말씀드리고 가라고 하셨는데, 나는 아무 말 없이 집을 나온 지가 벌써 사흘이나 되었소. 마을 밖에 나와서 기다리실 부모님을 생각하매 자식 된 도리에 벗어난 것 같아 송구스럽소."

여인은 헤어지기가 매우 섭섭한 표정이었으나 어쩔 수 없이 그를 들어올 때와 마찬가지로 담을 넘어 나가게 했다. 그러나 이생은 이 날부터 빠짐없이 여인의 집에 가서 잤다. 그러자 아버지가 이생을 추궁하였다.

"네가 아침에 나가 저녁에 돌아오는 것은 서당에 가서 성인의 학문을 연마하기 위해 그러하였다고 치고, 저녁에 나가서 새벽에 돌아오는 까닭은 도대체 무엇이란 말이냐? 이는 경박한 무리처럼 남의 처녀나 꾀고 있음이 틀림없다. 이런 일이 남에게 탄로난다면 내가 자식 잘못 둔 죄로 얼마나 욕을 먹겠느냐? 게다가 네가 사귀는 여자가 문벌이 훌륭한 집안의 딸이라면, 반대로 너는 남의 처녀를 꾀어낸 천박한 자로 지탄받을 것이다. 나는 이 일을 도저히 그냥 놔둘 수가 없구나. 너는 종들을 데리고 영남의 고향으로 내려가서 농사 짓는 일이나 감독하고 다시는 서울에 오지 말아라."

바로 다음날 아버지는 그를 울주(蔚州 : 울산)로 내려 보냈다. 그 뒤 여자는 매일 저녁 화원에서 그를 기다렸다. 몇 개월 동안 그가 나타나지 않자 몹쓸 병이 들어 누워 있을 것이라고 추측하고 종 향아를 시켜 이생의 이웃에게 물어 보고 오라고 하였다. 그리하여 이생이 아버지의 꾸중을 들은 뒤 영남에 내려갔다는 사실을 알고는 그만 병을 얻어 침상에 눕고 말았다. 음식을 먹지 않아 몸은 여위어 가고 말소리도 제대로 나오지 않았다. 여인의 아버지가 이상히 여겨 딸의 손그릇을 뒤져 보니 예전에 이생과 주고받은 시가 있었다. 딸에게 물었다.

"이생이 누구냐?"

딸은 목구멍에서 겨우 나오는 소리로 전에 있었던 사실을 빠짐없이 말했다.

"아버님이 낳으시고 어머님이 길러 주신 은혜 너무나 깊사온데 이렇게 심려를 끼쳐 드려 정말 송구스럽사옵니다. 그러나 소녀가 지은 죄 숨길 수 없어 사실대로 아룁니다. 한편 생각해 보면 남녀가 서로 사귀는 것도 인정으로 보아 중요합니다. 그리하여 『시경(詩經)』 「소남(召南)」 편에는 다 큰 처녀를 익은 매실에 비유하여 떨어지기 전에 때맞추어 따야 좋다고 했고, 『주역(周易)』의 「함괘(咸卦)」에는 발이 움직여야지 장딴지가 먼저 움직이면 흉하다고 하여 조용히 기다리는 것이 좋다고 훈계하였습니다. 저는 물가의 버들가지처럼 약한 자질로 『시경(詩經)』 「맹(氓)」장에 여자는 남자에게 배신당하면 시들어 떨어지는 뽕잎 같은 신세가 된다고 한 얘기를 생각지 않고 저녁 이슬을 맞으며 남자를 만난 결과 마침내 주위 사람들의 비웃음을 받게 되었습니다. 새삼 넝쿨이 나무를 의지하듯 제가 그 사람에게 몸을 바친 것은 이미 창녀 같은 행동이 되고 말았습니다. 저의 죄는 너무 커서 우리 집안에 씻을 수 없는 누를 끼치게 되었습니다. 그러나 저 교활한 사나이가 한 번 여자의 정조를 빼앗아 간 뒤로 온갖 원망이 생겨나서, 이 약하디 약한 몸이 그리움을 참고 혼자 살자니, 그리움만 날마다 더해 가서 이렇게 모진 병에 걸리고 말았사옵니다. 이제 죽어서 궁상스런 귀신이 되는 수밖에 별 수 있겠습니까? 만일 부모님께서 저의 마음을 헤어려 주시어 소원을 이루게 해주신다면 실낱 같은 저의 목숨 부지할 수 있을 것이오나 그러지 못하면 죽는 수밖에 별 수 없사옵니다. 먼 훗날 저승에 가서라도 이생과 함께 살아 보겠사옵니다. 결코 다른 데로 시집 가지는 않겠사옵니다."

부모는 딸의 결심이 확고함을 알고 더 이상 다른 말을 하지 못한 채 곧 중매쟁이를 이씨 집으로 보내어 청혼을 하였다. 이씨는 최씨의 중매쟁이에게 이렇게 거절하였다.

"내 자식은 아직 나이 어립니다. 어쩌다가 잠시 바람을 피웠다고 하나 학문을 닦는 몸이라 뒷날 훌륭히 성장하여 과거 급제를 꿈꾸는 몸이니, 아직 장가 보낼 생각이 없소이다."

최씨는 다시 중매쟁이를 보내어 한 번 더 간청하였다.

"귀댁 자제의 재주가 뛰어나다는 것은 모두 칭찬하는 바이오. 그러나 지금 비록 뜻을 굽혀 장가를 간다고 하더라도 어찌 늘 연못 속에 갇혀 있는 이무기만 되겠습니까? 어려우시더라도 두 사람 사이에 혼인을 정하여 주는 것이 좋을 듯합니다."

오십사

이씨가 대답하였다.

"나 역시 어린 나이에 책을 읽었으나, 이렇게 늙도록 성취한 것이 없습니다. 그리하여 종도 모두 떠나가고 친척들도 나를 업신여기니, 한평생을 가난 속에서 외롭게 살았습니다. 그런데 당신네 같이 훌륭하신 집안에서 내 자식같이 가난한 선비를 무엇을 바라고 사위를 삼으려고 하시오. 이는 틀림없이 어떤 사람이 우리 집안을 분에 넘치게 추켜세워서 당신네 집안을 속인 결과요."

최씨는 다시 중매쟁이를 보내었다.

"혼인에 드는 일체의 비용을 모두 우리 편에서 댈 터이니 혼인 날이나 잡아 주십시오."

이씨는 그제야 마지못한 듯 자식에게 물어 보겠다고 하고는 곧바로 사람을 시켜 이생을 불러 올렸다. 그리고 최씨 딸에게 장가 가겠느냐고 물어 보았다. 이생이 너무나 좋아서 그 느낌을 시로 지어 읊었다.

깨어진 거울 다시 붙이니, 모든 것은 때가 있는 법.
은하수 잇는 다리, 까막까치 서로 돕네.
이제는 월로가 우리의 인연 맺었으니
봄바람에 꽃이 져도 자규야 원망치 말아라.

최씨 딸도 그 소식을 듣고 병이 점점 나았고 시로 자신의 느낌을 읊었다.

나쁜 인연이 마침내 좋은 인연 되어
우리의 굳은 맹세, 결국은 이루어진 것을.
어느 날 사슴 수레* 함께 끌고 돌아갈건가.
간신히 일어나 앉아 금비녀를 정돈하네.

그 뒤 두 사람은 좋은 날을 받아 혼례를 올리고 함께 살게 되었다. 이들의 사랑은 옛날 어느 금슬 좋은 부부 못지않게 좋았다.

다음해 이생은 과거에서 높은 등급으로 급제하여 중요한 벼슬자리에 오르니 그의 소문은 조정에도 알려졌다. 그러던 중 신축년(1361년, 고려 공민왕 10년)에 홍적*이 개성을 점령하자 임금은 복주(福州 : 안동)로 피하고, 적군은 집을 불지르고 재물을 빼앗고 부녀자를 강간하였으며 남자들을 닥치는 대로 죽였다. 이 때 이생은 가족을 이끌고 산속으로 피난갔다가 도둑의 추격을 받아 간신히 혼자서 도망가게 되었고, 부인은 도둑에게 붙잡혔다. 도둑이 그의 미모에 반하여 강간하려 하니 부인은 큰 소리로 욕하며 반항하였다.

"이놈들아 내 차라리 호랑이나 이리의 밥이 될지언정 너희 개돼지 같은 놈들의 짝은 못 되겠다."

도둑은 결국 부인을 죽여 버렸다.

이생은 들판에 숨어 겨우 목숨을 부지하다가 도적이 물러가자 자기 집을 찾아갔다. 그러나 집은 불타 없어졌고 처가인 최씨 집안도 황폐해져서 행랑채는 다 쓰러졌으며 쥐가 들끓고 새들은 요란스레 지저귀었다. 그는 정원에 있는 누각에 올라갔다. 옛날 아내와 처음 만난 장소였다. 그는 눈물을 닦으며 길게 한숨 쉬고 날이 저물도록 우두커니 앉아 있었다. 어느덧 날이 어두워지고 동쪽 산에서 달빛이 은은히 비쳐 오는데 누각 밑에서 사람의 발자국 소리가 멀리서부터 차츰 가까이 다가왔다. 곧이어 문이 열리더니 아내 최씨가 들어왔다. 이생은 아내가 죽었으리라고 짐작하였는데 살아 돌아오자 너무 반가워 손을 잡으며 말하였다.

"아니, 어떻게 그 난리에 이렇게 살아 있었소."

녹거(鹿車) 『후한서』 「열녀전」에 실린 이야기. 포선(鮑宣)의 아내 환(桓)씨가 포선과 함께 사슴 수레를 끌고 고향에 돌아갔다는 고사가 있음.

홍적(紅賊) 머리에 붉은 두건을 썼다 하여 홍건적(紅巾賊 또는 紅頭賊)이라고도 함. 원나라 말기의 도적인데 중국에서 패하자 고려로 들어와 두 차례에 걸쳐 개성을 공격했다.

아내도 그의 손을 꼭 잡고 흐느껴 울면서 말했다.

"첩도 본래 양가집 자손으로 일찍이 부모님의 엄하신 가르침을 받고 자수와 재봉 등의 바느질을 배웠으며 시서(詩書)와 예의를 익혔습니다. 그러나 다만 집안에서 닦을 일만 배웠을 뿐 그 밖의 일은 모르고 자랐사온데 어느 날 살구꽃 핀 담장을 엿보던 낭군을 만나 여자에게 가장 중요한 것을 바친 뒤로 한평생 낭군을 모시기로 결심하였습니다. 많은 어려움 끝에 부모님의 은혜로 다시 만나니 우리의 정은 더욱 두터워 갔습니다. 함께 늙도록 살 줄 알았는데 뜻밖에 난리를 만나, 이리 떼 같은 무리에게 비록 몸은 버리지 않았으나 내 육신은 진흙 속에 갈기갈기 찢어지고 말았습니다. 모두 하늘이 정한 뜻이요, 사람의 힘으로 어찌할 수 없는 일이었습니다. 오로지 한스러운 것은 그 깊은 산골짜기에서 가족을 이별한 뒤에 한 마리 새처럼 외따로 떨어져서 집안은 망하고 부모님도 돌아가시어 상처난 이 몸을 어디에 의지해야 할지 모르는 것이었습니다. 정조를 지키기 위해 목숨을 가벼이 던져 도둑들에게 욕보는 일은 면하였지만 마디마디 끊어진 아픈 마음이 썩어 가는 창자에 맺혀 있고 해골은 들판에 버려져 땅위로 드러나 있으나 누가 불쌍히 여기겠습니까? 옛날의 즐겁던 시절을 생각하며 근심과 원통함을 달래지 못하더니 죽은 자에게 생명을 불어넣는 따뜻한 봄기운이 깊은 골짜기에도 스며들어 첩에게도 이렇게 따뜻한 세상을 다시 보게 해 주었습니다. 신선의 세계에서 살 수 있는 기약이 얽혀 있고 우리 사이 삼생(三生)의 향기가 풍겨나서 이 시간에 거듭 함께 있을 약속을 하게 되니 이는 앞서의 맹세를 저버리지 않게 하기 위함입니다. 바라건대 끝까지 저를 좋아해 주실 수 있겠습니까?"

이생은 반갑고 감격한 마음으로 말하였다.

"말해 무엇하겠소? 그게 나의 참된 바람이오."

그러고 그 동안의 집안 사정을 이야기하다가 여인이 말했다.

"우리 집안의 재산은 모두 이 근처의 산골짜기에 묻어 두었습니다. 우리 양가 부모님의 시신이 흩어져 있는 곳도 첩이 알고 있습니다."

이야기가 끝나자 둘은 함께 잤는데 나누는 정은 옛날과 다름없었다. 다음날 이생은 아내를 데리고 재물이 묻혔다는 곳으로 가서 땅을 파보았다. 금과 은 그리고 각종 물건이 고스란히 남아 있었다. 곧이어 두 집의 부모님 해골을 수습하여 경기도 장단에 있는 오관산(五冠山) 기슭에 각각 합장하고 나무 비석을 세운 뒤에 제사를 드렸다.

그 뒤 이생은 벼슬을 하지 않고 아내와 살았는데 피난 갔던 종들도 돌아와서 같이 살았다. 그러나 이생은 세상사에 뜻이 없어져 친척이나 손님들의 방문도 받지 않았으며 문을 닫고 들어앉아서 오로지 아내와 시로써 감정을 표현하며 금슬 좋게 살았다.

이렇게 산 지 수년이 되던 어느 날 저녁 아내가 흐느껴 울며 말했다.

"우리의 아름다운 인연이 세 번씩이나 이어졌으나 세상일이 뜻대로 되지 않아 아직도 기쁨을 다 누리지 못한데, 또 슬픈 이별을 할 때가 다가왔습니다."

이생이 놀라 물었다.

"그게 무슨 말이오?"

"죽은 자에게 지워진 운명은 피할 수가 없습니다. 하느님께서 첩과 낭군 사이에 인연이 끝나지 않았고 또 첩에게 큰 죄가 없음을 불쌍히 생각하시어 임시로 환체(幻體)를 만들어 낭군님의 근심을 풀어 주도록 하셨습니다. 그러나 이 인간 세상에 오래 머물러서 사람들을 현혹시키면 안 된다고 하였습니다."

부인은 곧이어 종을 불러 술을 가져오게 하고 「옥루춘(玉樓春)」이라는 노래 한 곡조로 권주가를 불렀다.

창과 칼 번득이며 휘두르는 곳에

옥은 부서지고 꽃도 떨어지니 암원앙 짝을 잃었다.

쓰러진 해골들 어지럽게 흩어졌는데 누가 다 묻어 줄 건가.

피로 더럽혀진 영혼, 호소할 곳도 없어라.

고당(高唐 : 초산)에 내린 무산의 선녀,

깨어졌던 거울 또다시 갈라지니 마음이 찢어지는 듯.

이제 이별하면 영원히 멀어지나니

하늘과 인간 세계는 소식도 전할 수 없는 걸.

노래 소리 마디마디에 눈물이 흘러서 끝을 맺지 못했다. 이생도 너무나 슬퍼서 이렇게 말했다.

"나도 부인과 함께 저승으로 가겠소. 어찌 쓸쓸히 혼자 목숨을 이어가겠소? 지난번 난리 때 친척과 종들이 각자 흩어지고 돌아가신 부모님의 시체가 들판에 흩어져 있었는데 만일 부인의 도움이 없었다면 어찌 그분들을 편히 모실 수 있었겠소? 옛사람의 교훈대로 부모님이 살아 계셨을 때에 잘 섬기고 죽은 뒤에 예를 갖추어 장사 지낸 것은 모두 부인의 효성이 돈독한 까닭이었소. 이것을 생각하면 감격해 마지않는 바이오. 나는 스스로 무력함을 생각함에 부끄러워 무어라 말할 수 없으나 바라건대 부인은 좀더 나와 함께 살아 있다가 함께 죽음의 세상으로 가도록 하시오."

부인이 대답하였다.

"낭군의 수(壽)는 아직 남아 있습니다. 그러나 첩은 이미 귀신의 장부인 귀록(鬼錄)에 실려 있어 오래 머무를 수가 없습니다. 만일 인간 세상에 연연하여 지체하다가 법을 어긴다면 저만 벌을 받는 것이 아니라 낭군에게도 미칩니다. 다만 첩의 시체는 이 근처 아무 곳에 있으니 곧 거두어다가 땅속에 묻어 주십시오."

부인은 말을 마치자 눈물을 흘리더니 차츰 그 형체가 사라지고 말았다.

이생은 부인이 일러 준 곳에 가서 시체를 수습하여 부모님 묘 곁에 안장하였다. 그리고 아내를 생각하다가 그대로 병이 들어 두어 달 뒤에 죽고 말았다.

이 야야기를 들은 사람은 누구나 할 것 없이 그들의 넋을 추모하였다.

—『금오신화』

평양은 고조선의 수도이다. 주(周)나라 무왕(武王)이 상(商)나라〔은(殷)나라〕를 멸망시키자, 상나라 대신인 기자(箕子)가 항복하지 않고 조선으로 들어와 단군 조선의 뒤를 이어 독립국을 세우고 주나라와 대등한 위치를 유지했다.

평양에서 유명한 곳으로는 금수산(錦繡山), 봉황대(鳳凰臺), 능라도(綾羅島), 기린굴(麒麟窟), 조천석(朝天石), 추남허(楸南墟)가 있는데 그 중에서도 영명사(永明寺)와 부벽정(浮碧亭)을 최고로 꼽는다.

그런데 영명사는 바로 고구려 시조인 동명왕의 구제궁(九梯宮)으로 성 밖에서 동북쪽으로 20리 지점에 있다. 여기서는 긴 강물을 내려다보며 끝없이 펼쳐진 넓은 들판을 바라볼 수 있다. 참으로 훌륭한 경치이다. 그림 같은 놀이배와 장사치들의 하물선(荷物船)이 대동문(大同門) 밖의 버드나무 낚시터에 무수히 정박해 있어 평양에 머무르는 사람은 거의 다 배를 타고 물길을 거슬러 올라가서 이곳까지 두루 구경한 뒤에 즐거움을 안고 돌아온다. 부벽정의 남쪽에는 돌을 깎아 계단을 만들어 놓았는데, 왼편 계단을 청운제(靑雲梯), 오른편 계단을 백운제(白雲梯)라고 명명하였으며, 이 이름을 계단 앞에 팻말로 세워 구경거리로 만들어 놓았다.

천순(天順 : 1457∼1464년, 고려 세조 때) 초기에 송경(松京 : 개성)에 부잣집 자식으로 젊고 잘생긴 홍생(洪生)이라는 젊은이가 있었다. 문장도 잘하였는데 팔월 보름날 동행과 배를 가지고 비단실을 사러 평양에 갔다. 그가 배를 대동강가에 대자 성 안의 이름난 기생이 모두 문밖에 나와 눈짓을 보냈다. 성 안에 사는 사람으로 오래전부터 친하게 사귀던 친구 이생(李生)이 그를 맞이하여 잔치를 베풀어 주었다. 홍생은 술이 거나하게 취한 뒤에 배

개성에 사는 홍생이라는 부잣집 아들이 평양에 들러 배로 대동강가 부벽루에 올랐다가 기자의 후예라고 하는 선녀를 만나 하룻밤 동안 시로 화답한 뒤에 돌아와서 병을 얻어 죽었다는 내용의 소설.

로 돌아왔는데 공연히 쓸쓸하여 잠이 오지 않았다.

　그는 옛날 당나라 시인 장계(張繼)가 지은 것으로 '단풍 든 다리 난간, 밤에 배를 매어 놓고'라는 시를 생각하며 조그마한 배를 타고 삿대를 저어 상류로 올라갔다. 흥이 식으면 돌아올 계획이었다. 그가 이른 곳은 부벽정 밑이었다. 닻줄을 갈대 숲에 매어 놓고 돌계단을 통하여 정자에 올라갔다. 정자 난간에 기대어 서서 먼 곳을 바라보며 시를 읊고 휘파람을 불었다. 달빛은 낮과 같고 물결은 비단 같았으며 기러기는 모래톱에서 울었고 학은 소나무에서 떨어지는 이슬에 놀라 푸드득 날았다. 마치 티끌 한점 없는 신선의 세계에 온 듯하였다. 그는 옛날 도읍지인 평양성을 바라보았다. 허물어진 성터는 연무에 싸였고, 강물은 무너진 성벽 밑으로 돌아가고 있었다. 그는 망해 버린 은나라 도읍터를 슬퍼하며 지었다는 「맥수가(麥秀歌)」를 생각하며 시 6수를 지었다.

　1
　패강(浿江 : 대동강) 위에 올라 시를 읊자니
　흐느끼는 강물 소리 애를 끊누나.
　옛 도읍터에는 이미 씩씩한 기운이 사라졌지만,
　황폐한 옛 성터는 그래도 봉황의 모양을 간직했네.
　강가 모래에 달이 부서지니 기러기 갈 길을 잃었고
　뜰 안의 풀숲에 연기 걷히니 반딧불만 깜박이네.
　쓸쓸한 풍경 속에 사람의 역사는 바뀌었는데
　추운 산속 절에서 종소리만 들려 온다.

　2
　옛 궁궐 안의 가을 풀, 처량하기만 한데

절벽에 돌아가는 구름 돌길을 갈무렸네.

기생들과 노닐던 옛터에는 넝쿨이 우거지고

둘러친 성담〔女墻〕위의 새벽 달빛에 밤 까마귀 지저귄다.

옛사람들의 즐거운 놀이 흙 속에 묻혔는데

적막한 성 안에는 찔레 넝쿨만 가득하네.

강물만은 그래도 예와 같이 출렁거리며

도도히 흘러 서쪽 바다를 향해 달려가는군.

3

패강물, 쪽빛처럼 푸르게 멍들었으니

천고의 흥망을 견딜 수 없어서인가?

금정(金井) 우물엔 물이 말라 담쟁이만 드리워졌고

돌제단〔石壇〕엔 이끼가 끼었고 버드나무가 둘러쌌다.

색다른 이 고장 풍경에 천 편의 시를 읊었고

옛 도읍터 회상하며 마신 술이 취한다.

달이 밝아 난간에 기대었으나 잠은 오지 않고

밤 깊자 계수나무 가지 더욱 길게 뻗어 보인다.

4

한가위 달빛, 정녕 아름다운데

외로운 옛 성터 바라볼수록 처량하기만 하여라.

기자 사당 앞에 선 고목나무 늙어만 가고,

단군 사당 벽에는 담쟁이 넝쿨이 올라가네.

그 옛날 영웅들 지금 모두 어디 있을까.

듬성듬성 선 나무들에게 지난 해를 물어 볼까?
예와 다름없이 비치는 저 둥근 달만이
그 맑은 빛으로 나의 옷깃을 비춰 준다.

5

동산에 달이 뜨자 까마귀 날고
밤이 깊으니 찬 이슬 옷을 적시네.
천년 전 문화는 모두 없어졌고
만고에 똑같은 산과 물이지만 성곽만은 다르네.
하늘에 올라간 동명성왕 지금까지 돌아오지 않고
떠도는 이야기만 전해 오니, 그것을 과연 믿어야 할지?
그가 타던 금수레와 기린마 자취 찾을 수 없고
어가(御駕) 다닌 길에 풀이 우거지니 중만 홀로 돌아가네.

6

뜰에 돋은 풀, 가을이 깊자 이슬에 시들었고
청운교는 백운교와 마주 서 있다.
수(隋)나라 병사의 원혼 물결 따라 울부짖고
수많은 호걸의 영혼도 불쌍한 매미로 변하였네.
말 달리던 길, 연기에 묻히고 수레 자취도 끊어졌는데
동명왕 행궁(行宮) 터에 누운 소나무 저녁종에 흔들린다.
이곳에 올라 시를 지었으나 누구와 함께 감상하랴?
달은 밝고 바람이 상쾌하니 시흥은 사라지지 않는걸.

홍생이 읊기를 끝내고 손을 어루만지며 일어서서 다시 한 구절 한 구절 소리 내어 읊는데 자신도 몰래 감탄하는 소리를 내었다. 비록 관현악기와 같은 악기의 도움 없이도 감동적인 소리는 굴 속에 깊이 잠든 용을 깨우고, 외로운 배에서 한탄하는 과부를 울릴 만했다. 시 낭송을 끝내고 돌아오려 하니 밤은 이미 삼경이 되었다.

그 때 어디선가 발자국 소리가 들려왔다. 홍생은 절에 사는 중이 자신의 시 읊는 소리에 놀라 찾아오는 것이라 생각하고 그 자리에 앉아 기다렸다. 그런데 뜻밖에도 아리따운 미인이 걸어오고 있었다. 좌우에는 시중 드는 여자가 따랐는데, 한 사람은 옥으로 된 가리개를 받쳐들고 또 한 사람은 가벼운 비단 부채를 들었다. 그 거동이 엄숙한 것으로 보아 귀한 집 규수임이 틀림없었다. 홍생이 자리에서 일어나 계단 옆에 있는 담 곁으로 비껴 섰다. 미인은 정자에 오르자 난간에 기대어 서서 달을 바라보며 낭랑한 목소리로 가느다랗게 시를 읊조렸다. 이 때 시중 드는 여자가 비단으로 짠 자리를 깔았고, 미인이 그곳에 앉더니 구슬 굴리는 듯한 목소리로 말했다.

"조금 전에 누군가 시 읊는 소리를 들었는데, 그 사람은 지금 어디 있느냐? 나는 달밤에 나타난 요괴도 아니고 연꽃을 밟고 다니는 귀신도 아니라고 일러라. 그리고 구름 한 점 없는 하늘에 달빛이 비치고 은하수는 하늘 위로 길게 뻗었는데, 한 잔 술을 마시며 시 한 수로 마음속에 품은 회포를 푸는 것도 좋을 듯하다고 일러라."

홍생은 그 말을 듣자 한편으로 기쁘고 한편으로 두려워 주저하면서 앞으로 나가지 못한 채 잔기침을 한 번 하였다. 시중 드는 여자가 그 소리를 듣고 찾아왔다.

"주인 아씨께서 모셔 오랍니다."

홍생은 머뭇거리며 앞으로 나와 그 여자에게 절하고 꿇어 앉았다. 그러자 미인은 그리 공손한 태도를 취하지 않고 이렇게 말했다.

"여기 편히 앉으시오."

시녀가 나지막한 병풍을 가져다가 두 사람 사이에 가로놓았다. 두 사람은 겨우 얼굴만 바라볼 수 있었다. 미인이 말했다.

"그대가 조금 전에 읊은 시를 내게 들려줄 수 있겠소?"

홍생이 또렷한 목소리로 읊어 보이자 미인은 이렇게 말했다.

"과연 함께 시를 의논할 만한 사람이구려."

미인이 시녀에게 술과 안주를 장만해 오게 하자 두 사람 앞에 술상이 차려졌다. 홍생은 시녀가 따라 주는 술을 마셔 보았다. 너무 써서 마실 수가 없었다. 또 안주를 맛보았다. 딱딱해서 씹을 수가 없었다. 미인이 빙그레 웃으면서

"속세에서 온 선비가 백옥으로 빚은 술과 무지개로 만든 포를 먹을 수 있겠소?"

라고 말했다. 미인은 시녀를 시켜 나한상이 안치된 신호사(神護寺)에 가서 중이 먹는 음식을 조금 가져오라고 하였다. 조금 있으니 밥을 가지고 왔으나 반찬이 없었다. 이번에는 바위 밑에 용이 살고 있는 주암(酒巖)에 가서 가져오라고 하니 구운 잉어 한 마리를 가져왔다. 홍생이 음식을 먹는 동안 미인은 홍생이 들려준 시에 화답하는 시를 써 시녀를 시켜 홍생 앞에 던져 주었다.

오늘밤 이 정자, 달이 밝은데
정답게 나누는 이야기 속에 한숨도 서렸구려.
듬성듬성 선 나무들은 푸른 일산을 편 것 같고
잔잔한 강물 소리는 치맛자락이 끌리는 듯하다.
흐르는 세월은 마치 나는 새와 같이 빠른데
세상일은 굽이치는 물결처럼 여러 번 뒤집어진다.

이 밤의 회포, 어찌 다 풀겠는가.

두어 번 울리는 종소리 안개 속에서 울려 오네.

옛 성에서 남쪽으로 패강물이 갈라지는데

푸른 물, 밝은 모래, 울고 가는 기러기들.

기린마는 오지 않고 용도 이미 떠났으니

성인의 자취는 흙 속에 묻혀 버렸네.

맑은 바람이 비를 몰아가자 시상(詩想)이 무르익고

들판의 절에는 사람도 없는데 술은 반쯤 익었다.

난리 겪은 청동 낙타, 가시넝쿨에 묻혔으니

천년 전의 역사가 뜬구름으로 변했네.

풀뿌리에서 울어 대는 풀벌레 소리,

높은 누대에 오르자 생각만 아득하네.

비갠 뒤 조각 구름은 지난 일을 슬퍼하는 듯,

흐르는 물에 떨어진 꽃, 시간의 흐름을 알리네.

물결은 가을 기운을 머금어 그 소리 웅장하고

누대는 강심에 잠겨 달빛에 처량하다.

이곳은 예로부터 화려한 곳인데

허물어진 성, 우거진 나무들이 사람 마음 괴롭혀

금수산(錦繡山) 앞에는 비단 같은 경치 쌓였는데

고성 모퉁이의 단풍잎은 강물에 비치었다.

어디선가 또닥또닥 다듬이 소리 들려 오고

어영차 하는 뱃소리에 고깃배가 돌아온다.

바위에 기댄 늙은 나무에 담쟁이가 올라가고

풀 속에 누운, 부러진 비석엔 이끼가 자란다.

난간에 기대어 말없이 옛일을 애달파하는데,
달빛과 물소리가 모두 애처롭기만 하네.
몇 개의 밝은 별은 하늘 위에 반짝이고
은하수 옅고 맑으니 달은 더욱 분명한걸.
세상의 좋은 일, 모두 허사임을 알 수 있는 건
저승에 가면 이승으로 다시 못 오기 때문이지.
술 한 동이 따라 놓고 취하여 보자꾸나.
속세에 묻힌 인간, 인정에 얽매이지 마세.
만고의 영웅들 흙 속에 묻혔는데
세상에는 그 이름만 쓸모없이 남아 있지.
밤은 점점 깊어만 가는데
성에 둘러친 담에는 새벽달 둥글게 비쳤다.
그대는 이 속세에 가려 있는데,
나를 만나 문득 천일(千日)의 즐거움을 맛보았네.
강 위의 좋은 누대 사람은 헤어지려고 하니
뜰 앞의 괴화나무에는 이슬이 처음 내리었네.
이 뒤에 다시 만날 곳을 알려거든
복숭아 익는 봉래산에서 바다가 마를 때이리.

　　홍생이 시를 받아 읽고 난 뒤에, 미인이 못 돌아가게 만류하기 위하여 다시
물어 보았다.
　　"성씨와 족보가 어떻게 되는지 물어도 되겠습니까?"
　　미인이 한숨 짓고 대답하였다.
　　"나는 옛날 은나라 왕의 후예인 기씨(箕氏)의 딸이라오. 우리 선조가 이곳에

나라를 세운 뒤 예절과 문화가 은나라 시조 탕(湯)임금의 교훈을 답습하였소. 그리하여 8조의 이념으로 백성을 가르치니* 그 뒤 문화가 천여 년 동안 찬란하였소. 그러나 하루 아침에 국운이 기울고 재앙이 닥쳐 오자 우리 선고(先考)께서는 평범한 사람의 손에 의해 패하였고, 위만(衛滿)이란 자가 그 때를 틈타 왕위를 빼앗아 우리 조선의 왕업이 망하고 말았소. 당시 나는 나라를 빼앗긴 몸으로 의지할 곳 없는 처지에서 정절을 지키다가 죽으려고 하였는데, 어떤 신인(神人)이 와서 달래기를, '나도 이 나라의 비조(鼻祖 : 시조)이다. 왕위에서 물러난 뒤에 신선이 사는 섬으로 가서 신선이 된 지 수천 년 되었다. 너도 나를 따라 저 신선의 세계로 가서 살겠느냐?' 하였소. 그래서 그를 따라갔더니 나에게 별관(別館)을 지어 주고 불사약을 가져다주었소. 그 약을 먹고 며칠이 지나자 몸이 가벼워지고 뼈 마디마디가 바뀌는 듯했소. 그런 뒤로 이 세상의 끝은 어디라도 가서 노닐게 되고 하늘과 땅 신선의 세계 어디도 안 가 본 데가 없다오. 가을 하늘이 맑고 달빛이 물처럼 깨끗하던 어느 날, 나는 달 그림자 속의 계수나무를 바라본 뒤에 달나라로 올라가서 광한전(廣寒殿)에 있는 수정궁(水晶宮) 안의 항아(嫦娥)를 뵈었소. 항아께서는 내가 문장을 잘한다는 것을 알고 말씀하시기를, '아래 세상에 있는 신선의 세계가 아무리 좋다고 한들 저 푸른 공중을 가르며 하얀 난새를 타고 맑은 향기 풍기는 계수나무 아래서 상쾌한 공기를 마시다가 옥황상제가 계신 하늘 나라에 올라가기도 하고, 가끔씩 은하수에 자맥질하며 노니는 것이 어떻겠는가.' 하고 말씀하였소. 그러고는 곧바로 시녀를 시켜 향나무 책상을 곁에 비치해 주었소. 그런 뒤로 거기서 노니는 즐거움은 이루 다 헤아릴 수가 없다오. 그러던 중 오늘 밤에 갑자기 고향 생각이 나서 이곳을 내려다보았더니 경치는 옛날과 같았지만 사람은 옛날

---

* 8조의 이념으로 백성을 가르치니 팔조지교(八條之教)라고 하는 것으로 기자의 여덟 가지 교훈. 현재 다 전해지지는 않으며, 살인자는 사형, 상해한 자는 곡물로 변상, 도둑질하면 남녀를 불문하고 모두 종으로 만들었으며, 재물로 변상하려면 50만의 곡물을 갚아야 한다는 내용이 있음.

육십구

사람이 아니었소. 밝은 달이 연기 싸인 티끌을 가리고 흰 이슬은 더러운 땅을 씻었소. 나는 하늘에서 내려와 우리 조상의 묘에 참배하고 강가에 있는 정자에 올라 그 동안의 회포를 풀어 보려고 왔다가 문사(文士)인 그대를 만난 거요. 기쁘기도 하고 부끄럽기도 했지만, 무딘 붓을 가지고 마음속의 생각을 펴 본 것이오. 내 글이 훌륭하다고 자랑하려는 것은 결코 아니오. 마음속의 정서를 표현하려는 것뿐이었소."

홍생이 두 번 절하고 머리를 조아린 뒤에 말하였다.

"초목과 함께 썩어 갈 이 우매한 인간이, 왕손이신 천녀(天女)와 감히 시로써 뜻을 읊고 화답할 줄이야 꿈엔들 생각했겠습니까?"

홍생은 미인이 써 준 시를 한 번 훑어보고 모두 기억하고는 조아리며 말했다.

"속세에 사는 어리석은 자질로 신선 세계의 음식은 먹지 못했지만 다행히 문자를 조금 안 덕택으로 지어 주신 시를 이해하게 되었으니 참으로 기이한 인연입니다. 네 가지 아름다움*과 두 가지 만나기 어려운 일*을 모두 갖추었으니 이 가을밤 강가 정자에서 달을 구경하는 것으로 제목을 삼아 40개의 압운(押韻)을 가지고 장시(長詩)를 한 편 지어 주심이 어떻습니까?"

미인이 고개를 끄덕이더니 그 자리에서 붓에 먹물을 묻혀 써 나갔다.

네 가지 아름다움(四美): 좋은 때, 좋은 경치, 여유 있는 마음, 즐거운 일.
두 가지 만나기 어려운 일(二難): 훌륭한 주인과 거기 어울리는 손님.

> 달 밝은 강 위의 정자, 밤은 깊은데
> 높은 공중에서는 옥 같은 이슬이 나리네.
> 맑은 빛은 은하수에 잠겼고
> 깨끗한 기운은 오동나무와 가래나무를 덮었다.
> 희고 맑은 삼천세계(三千世界)
> 곱고 아름다운 신선의 열두 층 누각,

하늘에는 반점의 구름도 없고

가벼운 바람은 두 눈을 스쳐 지나간다.

흐르는 물에는 잔 물결이 일고

떠나는 배는 아스라이 사라진다.

가난한 선비의 쑥대집 엿볼 수 있으랴.

갈대꽃 핀 섬만 비춰 주네.

어쩌면 예상곡(霓裳曲) 가락이 들리는 듯하고

옥도끼로 다듬은 것을 보는 듯도 하다.

조개로 만든 궁궐에서 진주가 싹이 자라는 듯하고

물소뿔이 저 공중에서 거꾸로 매달린 것도 같다.

저 비밀스러운 구경거리를 알고 싶다면

공과 함께 저 먼 곳에 노닐어 보자.

찬 달빛은 위(魏)나라 까치를 놀라게 하고

달 그림자는 오(吳)나라 소를 숨차게 한다.

은은한 저 빛 청산의 둘레를 비추고

둥글둥글 푸른 바다 모퉁이에 걸렸다.

그대와 함께 자물쇠를 열고 정자에 올라서

흥에 겨워 문발을 갈퀴로 들어올렸다.

오늘은 이태백이 술잔을 들고 달에게 묻던 날이고

복창(福昌)의 이하(李賀)가 계수나무를 찍던 날.

하얀 병풍에 빛이 찬란하고

비단 장막에 가는 무늬 아름답다.

값진 거울 닦아서 걸어 둔 것 같고

얼음으로 만든 수레바퀴가 돌아가는 듯하다.

금빛 물결 어찌 그리 온화한가,

은실이 길게 뻗어 있는 것도 같다.

칼을 뽑아 달을 먹는 두꺼비를 찍고

그물로 교활한 토끼를 사로잡자.

하늘에는 비가 그치고

돌길에는 옅은 안개 걷혔다.

이 정자 난간은 온갖 무늬의 나무로 만들어졌고

층계는 만길 폭포에 임해 있다.

변두리 지방에서 누가 길을 잃었는가?

이곳에서 다행스럽게도 짝을 만났네.

복숭아와 오얏꽃은 서로 봄을 알리니

옥술잔 들어 두 번 권하고 받아 마신다.

시각을 다투어 좋은 시를 짓고

나뭇가지로 수를 세면서 맛 좋은 술을 마신다.

화로에서 검은 숯덩이가 타들어 가니

솥 안에서는 물이 끓어 넘친다.

향불 연기는 향로에서 날아오르고

술은 술동이에 가득 찼다.

학 울음 소리에 외로이 선 소나무 깨어나고

귀뚜라미 울음에 방안엔 근심이 쌓였다.

의자에는 가난한 선비의 이야기가 무르익고

물가는 풍류객의 놀이로 한창이다.

황폐한 도성은 눈앞에 어른거리는데

초목들만 빽빽히 들어섰다.

단풍잎은 어수선하게 흔들리고

누런 갈대는 쓸쓸히 휘날린다.

신선 세계는 멀기도 한데

속세에는 시간만 빨리 흐르네.

옛날 궁궐 터에 곡식이 자라고

들에 세운 사당에는 뽕나무가 휘어졌다.

좋고 그른 이름은 묵은 비석에 쓰여 있고,

흥하고 망한 소식은 저 백구에게 물어 본다.

달은 늘 기울었다 찼다 하고

땅에는 하루살이 같은 인생이 얼마나 많은가?

행궁터에는 절이 들어서 있고

옛날 임금들은 무덤 속에 묻혔다.

반딧불은 휘장 밖에서 깜박이고

도깨비불은 숲속에서 번득인다.

옛것을 생각하니 눈물만 흐르고

오늘을 바라보며 근심에 휩싸이네.

단군(檀君)은 목멱(木覓)에 모셨고

기자의 도읍은 고구려로 바뀌었다.

기린 굴에는 기린의 자취가 있고,

숙신(肅愼 : 조선의 별칭) 언덕에 숙신 과녁이 있다.

견우성이 난향(蘭香)을 이별하고 하늘로 떠나니

직녀성은 뿔 없는 용을 타고 돌아간다.

글 하는 선비는 붓을 놓고

선녀는 노래를 끝낸다.

음악이 끝나자 사람이 흩어지고
바람이 그치자 삿대 소리 부드럽다.

미인은 시를 다 쓰고 붓을 놓기가 바쁘게 하늘로 사라지면서 시녀를 시켜 이렇게 말했다.

"하느님의 명령이 엄하여 흰 난새를 타고 떠나오. 하고 싶은 이야기를 다 끝내지 못하여 마음이 안타깝소."

조금 뒤에 갑자기 회오리 바람이 일어나더니 홍생이 앉은 자리가 뒤집어졌다. 바람은 미인이 쓴 시를 하늘로 날려 보냈다. 이는 미인이 자기의 시를 세상에 알려지지 않게 하기 위해서인 듯하였다. 홍생은 꿈에서 깨어난 듯이 자리에서 일어나 섰다. 꿈인지 생시인지 알 수가 없어 정자 난간에 기대어 조금 전까지의 일을 차근차근 기억해 보았다. 미인이 쓴 시를 암기하여 보니 모두 욀 수 있었다. 홍생은 미인과 다하지 못한 정을 시로 써서 읊었다.

양대〔陽臺 : 초산(楚山)〕에서 선녀와 놀던 일 꿈속 같은데,
어느 날 다시 만나 옥퉁소와 가락지를 교환할 것인가?
강물은 덧없이 흐르는 것이라고 하지만
흐느껴 울면서 바다를 향해 내려가는군.

읊기를 끝내고 사방을 둘러보니 절에서는 종소리가 들리고 강마을에서는 닭 울음 소리가 요란하다. 달은 성 서쪽으로 기울고, 별은 빛을 잃고 깜빡거리며, 쥐들은 뜰 아래서 찍찍거리고, 벽 밑에서는 벌레 소리가 흘러나왔다. 두려움과 아쉬움이 엄습해 와서 더 이상 그 자리에 머무를 수가 없었다.

홍생은 누각에서 내려와 배를 타고 출발했던 지점으로 돌아왔다. 개성에서

함께 동행했던 사람이 물었다.

"아니, 어제 저녁에는 어디서 자고 왔소?"

홍생은 자신이 겪은 일을 차마 다 말할 수가 없어서 이렇게 변명하였다.

"어제 저녁에는 낚시를 놓으려고 장경문(長慶門) 밖에 있는 조천석(朝天石)에 나갔는데 날씨가 춥고 물이 차서 붕어 한 마리도 못 건졌소."

홍생은 집으로 돌아와 미인에 대한 그리움과 여행의 피로 때문에 앓아 누웠다. 정신이 혼미해지고 말도 종잡을 수가 없어졌다. 오랫동안 병상에서 일어나지 못하였는데, 어느 날 꿈에 소박하게 꾸민 한 여인이 나타나 이렇게 일렀다.

"우리 주인 마님께서 상제(上帝 : 하느님)에게 도련님 얘기를 아뢰었습니다. 그러자 상제께서 재주가 훌륭하다 하시며 도련님을 견우성의 막하(幕下)에서 일하게 하라고 하셨습니다. 상제의 명령을 도련님께서 피할 수 있겠습니까?"

홍생은 꿈에서 깨어난 뒤 식구들의 부축을 받아 목욕을 하고 옷을 갈아입고 뜰에 나갔다. 하늘을 향해 절을 한 뒤에 턱을 받치고 그 자리에 잠시 누웠다가 그대로 죽었다. 그 날이 바로 9월 보름날이었다. 염을 한 지 며칠이 되었으나 그의 얼굴은 살아 있을 때와 조금도 다르지 않아 사람들은 신선이 되어 올라갔다고 했다.

—『금오신화』

성화 초(成化初 : 1465년경), 경주 지방에 박생(朴生)이라는 선비가 있었다. 태학관(太學館)에 다니며 과거 공부에 열중하였으나 급제를 못하여 늘 마음속에 불만을 품고 있었다. 그러나 야망을 버리지 않았고, 사람과 상대할 때에는 성실하고 온화하게 하여 많은 사람이 그를 칭찬하였다.

그는 평소 불교나 무당이 말하는 귀신 이야기에 의문을 품었는데 『중용』이나 『주역』의 「괘사」를 참고해 보고, 귀신에 대한 자신의 신념을 확실히 가지게 되었다. 그러나 순후한 인정으로 몇몇 중과도 깊이 사귀었는데, 중들과 이야기하다가 천당과 지옥에 대한 설명을 듣고 또다시 의문을 품기 시작하였다.

'우리가 말하는 천지(天地)는 하나의 음양(陰陽)뿐인데 이 천지 밖에 또 하나의 천지인 천당과 지옥이 있다는 것은 아마도 사람을 속이는 것이리라.'

그래서 중들에게 물어 보았으나 그들도 시원하게 해답을 해주지 못하고 다만 자신이 만든 원인에 따라 지옥과 천당에서 죄와 복을 받게 된다고 했다. 박생은 마음속으로 수긍할 수 없었다. 그래서 '이치는 하나'라는 논리를 만들어 스스로 깨우치기로 하였는데 이는 다른 이론에 현혹되지 않기 위해서였다. 그 이론은 대강 이러했다.

'천하의 이치는 한 가지뿐이라고 들었다. 한 가지라는 것은 둘이 될 수 없다는 뜻이다. 이치란 무엇인가? 본성〔性〕을 말할 뿐이다. 본성이란 무엇인가? 하늘에서 타고난 것이다. 하늘은 음양과 수·화·금·목·토 5행으로 모든 사물을 만들어 내는데 거기에 기(氣)를 넣어 형태를 만든 뒤에 이치〔理〕를 부여해 준다. 그런데 이치라는 것은 우리가 일상 생활에서 사용하는 사물에 각각 조리가 있는 것을 말한다. 곧 부모 자식 간에는 친한 것으로, 임금과 신하 사이에는 의리로 목표를 삼는 것과 마찬가지로 부부나 어른과 어린이 사이에도 각각 꼭 행해야 할 도리가 있음을 뜻한다. 이것이 우리가 말하는 도(道)이고 이치가 마음으로부터 구현된 것이므로 그 이치를 따르면 어디를 가나 안정되지 않음이 없고, 이치에 어긋나서 본성을 어기면 마음이 황폐해진다. 이치를 따져 본성을 살펴본다는 것은 이것을 연구하는 것이고, 사물에 부딪쳐 지식을 만드는 것은 이것을 이용하는 것이다. 대체로 인간의 삶에서 이 마음이 없을 수 없고, 이러한 본성을 구현하지 않음이 없으며, 천하의 사물에 이 이치가 없는 곳이 없다. 욕심이 가리지 않은 신령스러운 마음으로 본성의 진실함을 따르는 것이 곧 이치를 따지는 것인데, 어떤 사물을 가지고 그 근원을 따져 올라가다가 마지막에 이르면 천하의 이치가 밝게 드러나지 않는 것이 없다. 이치 중에서도 가장 핵심이 되는 것은 바로 마음속에 나열되어 있으니, 이로써 유추해 나가면 천하와 국가도 여기에 포함되지 않는 것이 없고 합치되지 않는 것이 없다. 천지에 참고해 보아도 어긋나지 않고 귀신에게 물어 보아도 현혹되지 않을 것이며 고금의 역사를 살펴보아도 빠뜨리지 않을 것이다. 선비가 해야 할 일은 이것뿐인데 어디 두 개의 이치가 있겠는가? 저들이 말하는 이단(異端)의 설명은 믿을 수 없다.'

어느 날 밤에 박생은 자기가 거처하는 방에서 등불을 돋우고 『주역』을 읽다가 베개에 의지하여 잠시 졸았다. 그는 어느 나라에 이르렀는데 바다 가운데 있는 섬나라였다. 그곳에는 풀과 나무도 없으며 밟고 다닐 모래자갈도 없었다. 단지 구리가 아니면 쇳덩어리뿐이었다. 낮이면 뜨거운 열기가 이글이글 타올라 하늘에 뻗쳤고 땅은 풀무 속에 들어간 쇳물처럼 부글부글 끓었다. 밤이 되면 서쪽에서 싸늘한 바람이 불어와 사람의 살갗과 뼈를 깎는 듯하여 스치는 바람결을 견딜 수가 없었다. 또 쇠로 된 절벽이 성처럼 바닷가로 둘러쳐 있는데 성 둘레에는 커다란 철문이 하나 있었다. 철문은 큰 자물쇠로 굳게 닫혀 있었으며 그

문을 지키는 자는 뾰족한 어금니에 영악하게 생긴데다가 창과 몽둥이를 쥐고 밖에서 들어오는 사람을 막고 있었다. 성안의 백성들은 쇠로 집을 지었는데 낮이면 지글지글 볶이다가 밤이면 또 꽁꽁 얼었다. 오로지 아침저녁으로 겨우 꿈틀꿈틀 움직이며 웃고 말하는 모양을 한다. 더위와 추위를 그리 괴로워하는 것 같지도 않았다. 박생이 놀라 우물쭈물하고 서 있으니 문지기가 그를 불렀다. 박생은 당황하여 도망가지 못하고 조심스레 그의 앞으로 다가갔다. 문지기가 창을 곧추세우고 물었다.

"당신은 누구요?"

박생이 그 앞에 나아가 두번 세번 절하고 두려움에 벌벌 떨면서 대답하였다.

"나는 아무 나라에 사는 선비요. 함부로 신령스러운 관리의 노여움을 사게 된 죄를 용서해 주시오."

"아니, 선비라면 어떤 두려움에도 굽히지 않아야 하는데, 당신은 왜 그리 벌벌 떠시오? 우리는 이치를 아는 훌륭한 선비를 만나 보려고 오랫동안 기다렸소. 우리 임금께서도 당신 같은 선비를 만나 동쪽 지방에 어떤 말씀을 전하려고 하신다오. 잠시 앉아 있으면 임금에게 당신의 존재를 알리겠소."

문지기는 말이 끝나자 허리를 굽힌 자세로 들어갔다가 잠시 후 나와서 말했다.

"임금께서 당신을 편전(便殿)에서 만나 보려고 하니 당신은 큰 소리로 대답하고 위엄에 눌려 숨기는 일이 없도록 하시오. 그리하여 우리 나라 백성들에게 큰 도리의 요점을 알도록 해주시오."

곧이어 검은 옷을 입은 동자와 흰 옷 입은 동자가 책을 한 권씩 들고 나왔다. 그 중 하나는 검은 종이에 푸른 글씨가 쓰인 책이고, 또 하나는 흰 종이에 붉은 글자가 쓰인 책이었다. 그들은 책을 박생의 좌우에 펼쳐 놓았다. 붉은 글씨의 책을 보니 자신의 이름이 실려 있고 이름 밑에는 현재 어느 나라에 살고 아무 죄도 짓지 않았으며 이 나라 백성은 될 수 없다고 되어 있었다. 박생이 물었다.

"왜 이 책을 나에게 보이는 것이오?"

동자가 말했다.

"검은 종이의 책은 악한 일을 한 자의 명부이고 흰 종이의 책은 착한 일을 한 자의 명부입니다. 그리하여 흰 종이의 명부에 든 사람은 우리 임금님께서 귀한 손님으로 맞이하고 검은 종이의 명부에 실린 자는 비록 벌은 주지 않더라도 백성이나 노예의 예로 대우합니다. 임금님께서 당신을 보시면 극진한 예로 대접할 것입니다."

동자는 말을 끝낸 뒤에 명부를 가지고 들어갔다. 잠시 후 호화롭게 장식한 수레가 바람 바퀴를 달고 나타났다. 수레 위에는 연꽃 좌대가 있고, 그 곁에 어리고 예쁜 사내아이와 계집아이가 부채와 일산을 받쳐들고 서서 박생에게 그 위에 앉으라고 했다. 곧이어 무사 복장을 한 졸개들이 창을 들고 길을 인도하여 앞으로 나갔다. 그들 앞에는 세 겹으로 싸인 철성(鐵城)이 있고, 그 안에 있는 궁궐은 금으로 만들어져 산밑에 높이 솟아 있었다. 이곳에는 어디를 둘러보나 이글이글 타는 불길이 하늘을 향해 올라가고, 길가에 있는 사람이나 물건들은 이 불꽃 가운데 있었으며, 이들은 녹아 내리는 구리나 쇳물을 마치 진흙을 밟고 가듯이 밟으며 걸어갔다. 그러나 박생이 가는 길은 신비스러운 힘 때문에 마치 숫돌로 민 듯 평탄했으며 쇳물이나 뜨거운 불꽃이 침범하지 않았다.

박생이 궁궐에 도착하니 사방 문이 넓게 열렸으며 연못이나 누각은 마치 인간 세계의 궁궐 같았다. 궁궐 안에서 아름다운 두 여인이 나와서 절하고는 박생을 부축하여 안으로 들어갔다. 그곳에는 임금이 통천관(通天冠)을 쓰고 허리에는 무늬가 새겨진 옥대(玉帶)를 두르고 손에는 옥으로 만든 홀을 잡은 채, 뜰에 내려와 박생을 맞이하였다. 박생이 수레에서 내려 땅에 엎드려 머리를 숙이고 있으니 임금이 말했다.

"사는 세계가 서로 다른 우리는 서로를 지배할 수가 없소. 이러한 이치를 잘

아시는 선생께서는 너무 지나치게 겸손하십니다."

임금은 박생의 소매를 잡아 전당(殿堂) 위로 끌어올렸다. 특별히 만든, 팔걸이가 옥으로 된 금 의자였다.

박생이 자리에 앉자 임금은 시중드는 사람을 불러 차를 내어오게 했다. 그런데 그 차는 구리를 녹인 물이고 과일은 쇠로 만든 구슬이었다. 박생은 놀라고 두려움에 떨면서 시키는 대로 차와 과일을 먹었다. 아름다운 향기가 전당 안에 가득 찼다. 먹고 나자 왕이 말했다.

"선비께서는 이곳이 어딘지 모르시오? 이곳은 염부주라는 곳이오. 우리 궁궐의 북쪽 산이 옥초산(沃焦山)인데 이 염부주는 하늘의 남쪽에 자리 잡고 있어서 남염부주라고 한다오. 염부는 활활 타는 불꽃이 늘 허공에 떠 있다고 해서 붙은 이름이오. 내 이름은 염마(餤摩)라고 하는데 불꽃을 관장한다는 뜻이오. 내가 이곳의 통치자가 된 지가 만여 년이 되었는데 오래 살다 보니 영감이 생겨 계획하는 일이나 예측하는 일치고 안 되는 것이 없답니다. 그리하여 창힐*이 글자를 만들었을 때에 내가 백성을 보내어 울게 하였고, 구담*이 부처님이 되었을 때에 내가 부하들을 보내어 그를 호위하도록 하였소. 중국 상고 시대의 삼황오제*와 주공* 시대에 이르러서는 도덕으로 천하를 다스렸으므로 나는 거기에 참여할 수 없었소."

박생이 물었다.

"주공이나 구담은 어떤 사람이오."

임금이 대답했다.

"주공은 중화 문물(中華文物)을 체계화한 성인이오. 구담은 서역의 간흉들 중에서 성인

창힐(蒼頡) 중국 상고의 황제 시대에 새의 발자국을 본떠서 최초로 글자를 만들었다고 함. 이 때 하늘에서는 곡식이 쏟아져 내리고 귀신이 와서 울었다고 함.

구담(瞿曇) 부처님이 되기 전의 석가모니.

삼황오제(三皇五帝) 중국 상고 시대의 전설적인 통치자. 천지인황(天地人皇)과 황제헌원(黃帝軒轅)·전욱고양(顓頊高陽)·제곡고신(帝嚳高辛)·당요(唐堯)·우순(虞舜)을 가리킴.

주공(周孔) 주나라 시대 공자. 춘추전국 시대 노(魯)나라에서 태어났으며 이름은 구(丘) 자는 중니(仲尼) 성인으로 추앙받았으나 통치자의 지위에 있지 못하여 제자 3000명을 이끌고 천하를 두루 돌아다님. 후세에 지성선사(至聖先師)라는 칭호를 받음.

이오. 중국의 문물이 아무리 발달했다고 하지만 인간의 성품은 들쭉날쭉하여 순수하지 못하므로 공자가 그것을 통솔하였고, 서역의 간흉은 문화에 어둡기는 하지만 기질이 날카롭기도 하고 우둔하기도 하여 구담은 이것을 경계하였소. 공자는 정도로써 간사함을 제거했고, 구담의 법도는 간교한 말로 간사함을 물리쳤소. 그 결과 공자의 설법은 정직하고, 구담의 설법은 황당한 데가 있소. 곧 정직하므로 훌륭한 인물이 쉽게 따르고, 황당하므로 하찮은 무리가 쉽게 믿는 것이오. 그러나 그 목표는 모두 바른 도리로 귀착시키는 일이었소. 다시 말하면 세상을 현혹시키고 백성을 속여 이단의 도리로 그르치려고 하지는 않았소."

박생이 다시 물었다.

"귀신에 대한 설명도 해주시오."

"귀신을 분리하면, 귀(鬼)라고 하는 것은 음기(陰氣) 중에 가장 신령스러운 것이고, 신(神)은 양기(陽氣) 중에 가장 신령스러운 것으로 만물의 조화를 그 자취로 만들어 내는 것이 두 기운의 참다운 기능이오. 그리하여 살아 있는 것을 사람이나 물건이라고 하고, 죽고 나면 귀신이라고 하는데 이치를 따지면 이 두 가지가 다를 것이 없소."

박생이 다시 물었다.

"세상에는 귀신에게 제사를 지내는 예가 있는데, 제사를 지내는 귀신과 만물을 조화하는 귀신이 다릅니까?"

"다르지 않다오. 선비께서 들어보지 않았소? 옛사람들이 이르기를 귀신은 소리도 없고 형체도 없지만 만물의 시작과 끝이 모두 음과 양이 합치고 흩어짐에 따라 이루어지므로 하늘과 땅에 제사 지내는 것은 음양으로 조화하는 신을 공경하기 위함이요, 산과 내에 제사 지내는 것은 기질을 부여해 줌에 대한 보답이고, 조상에게 제사 지내는 것은 자신의 근본인 뿌리에 보답하는 것이며, 육신*에 제사 지내는 것은 재앙을 면하기 위함이오. 그리하여 인간에게 존경심을 바치게 하는 것이오. 귀신이 형체가 있어서 인간에게 함부로 화와 복을 내려 주는 것은 아니지만, 인간은 특별히 향불을 피우고 공경하는 마음을 가져 마치 그들이 곁에 있는 것처럼 하여야 하오. 공자가 말하기를 귀신을 공경하여 멀리 하라고 한 것이 바로 이것을 이름이오."

박생이 말했다.

"세상에는 여기(厲氣)니 요매(妖魅)니 하는 괴물이 나타나서 사람을 해치고 괴롭히는데 이것도 귀신이라고 말할 수 있습니까?"

임금이 대답했다.

"귀(鬼)는 굽히는 것이고 신(神)은 펴주는 것으로 굽혔다가 폈다가 하는 것은 조화신이 하는 짓이오. 굽히기만 하고 펴지 못하는 것은 무언가 응어리져서 풀지 못하는 요괴요. 그리하여 귀신은 무엇이나 만들고 변화시키는 데 알맞기 때문에 음양의 이치에 따라 시작과 끝이 있으며 그것의 자취는 나타나지 않는 것이오. 그러나 요괴는 무언가 꽉 엉겨서 인간이나 물건에 섞여 있으며 어떤 형체를 나타낸다오. 산에 있는 요괴를 소(魈)라고 하고, 물에 있는 요괴를 역(魊)이라 하며, 수석에 있는 것을 용망상(龍罔象)이라 하고 목석에 있는 것을 기망량(夔魍魎)이라 한다오. 물건을 해치는 것을 여(厲)라 하고, 사람을 괴롭히는 것을 마(魔)라 하며, 남에게 의지해 있는 것을 요(妖)라 하고, 사람을 현혹시키는 것을 매(魅)라고 하는데 이것이 모두 귀(鬼)라고 하는 것들이오. 그리고 음양의 변화에 따라 헤아릴 수 없는 것을 신(神)이라 하니, 이 신은 교묘한 변화를 말하고, 귀는 뿌리를 향해 돌아감을 뜻하오. 하늘이나 사람은 한 가지 이치로써 나타나 있다든가 은밀하게 숨어 있지만 본질적으로 간격이 있는 것이 아니오. 물체가 근본으로 돌아가면 정(靜)이 되고 천명을 회복하는 것을 상(常)이라고 하

육신(六神) 계절, 해, 달, 별, 물, 가뭄의 여섯 귀신.

는데, 만물의 시작과 끝이라든가, 만들어지고 변화하는 그 자취를 알 수 없는 것이 바로 도(道)라는 것이오. 공자가 『중용』에서 이르기를 '귀신의 덕은 참으로 훌륭하기도 하구나, 보려고 해도 보이지 않고, 들으려고 해도 들리지 않지만 물체의 본체가 되어 하나도 빠뜨림이 없다.' 고 하지 않았소?"

박생은 다시 물었다.

"본인이 일찍이 스님에게 들으니, 하늘에는 천당이 있어서 살기 좋은 장소가 되고, 땅에는 지옥이 있어서 인간에게 고초를 주며, 죽은 사람을 관리하는 명부(冥府)에 시왕(十王)이 있어서 18개의 감옥에 갇혀 있는 죄수들을 신문한다고 하는데 과연 그러합니까? 사람이 죽은 지 7일이 되면 부처님에게 재를 올리고 그 영혼을 추천합니다. 그리하여 돈을 불사르고 제사를 지내어 그 죄를 용서받는다고 하는데 그러면 간사하고 나쁜 일을 한 사람도 시왕이 용서해 줍니까?"

임금이 놀라며 대답하였다.

"그런 말을 듣지 못했소. 옛사람이 말하기를 모든 세상의 이치를 음과 양으로 나누는 것을 도(道)라 하고, 음양이 한 번 열리고 닫히는 것을 변(變)이라 하며, 나고 태어나는 것을 역(易)이라 하며, 진실하여 망령되지 않음을 성(誠)이라 하오. 이 이론으로 본다면 세상 바깥에 또 다른 세상이 있으며 천지 밖에 또 다른 천지가 있겠소? 임금이란 모든 백성이 우러러보는 직위의 명칭이오. 그리하여 하(夏)·은(殷)·주(周) 3대 이상에서는 만백성의 주인을 왕이라 부르고 다른 명칭으로 부르지 않았다오. 공자는 『춘추』*를 편찬하여 왕이 지켜야 할 법칙을 세우고, 주나라 왕을 천왕이라 명명하니 다른 나라에서는 감히 왕이라는 명칭을 쓰지 못하였소. 그러다가 진(秦)나라가 육국*을 멸망시키고 천하를 통일한 뒤에 시황이 스스로 말하기를 '덕은 3황(三皇)을 겸

*『춘추(春秋)』 오경(五經) 중의 하나. 노나라 은공에서 애공(기원전 722년~기원전 481년)까지 242년 간의 역사를 편년체로 공자가 수정·편찬한 책. 좌씨·곡량·공양전 등이 있다.

*육국(六國) 초(楚)·제(齊)·연(燕)·한(韓)·위(魏)·조(趙)를 가리킴.

하고 공은 5제(五帝)를 능가한다.' 고 하여 왕을 황제라 부르게 했소. 당시 왕이라는 명칭을 쓰는 나라가 많았는데 위 · 양 · 초 등의 임금을 왕이라 불렀소. 그래서 왕의 명분이 떨어져 문(文) · 무(武) · 성(成) · 강(康) 등의 왕이라는 명분도 함께 떨어지게 된 것이오. 속세에서 분수에 넘치는 욕심은 말할 것 없지만 신의 세계에서 도리는 아직 엄숙하여 한 지역 내에서 왕이라는 명칭을 그렇게 많이 쓸 수가 없다오. 선비께서는 듣지 못하였소? 하늘에는 해가 둘이 없고 나라에는 왕이 둘이 있을 수 없다는 것을 말이오. 그러니 천지 밖에 또 천지가 있다는 말도 믿을 것이 못 되지요. 재를 올리고 혼을 추천하고 돈을 불사르는 일에 대해서는 그 까닭을 모르겠소. 선비께서는 세속의 잘못된 점을 자세히 설명해 보시오."

박생이 자리에서 한 발자국 물러나 앉아 옷깃을 여미고 자세히 진술하였다.

"속세에서는 부모가 돌아가신 지 49일이 되면 신분이 높든 낮든 초상에서부터 장사 지내는 예절은 생각지도 않고, 오로지 절에 가서 재를 올려 영혼을 추천하는 것에 힘을 쓴답니다. 그리하여 부자는 눈이 휘둥그레지도록 재물을 많이 소비하고, 가난한 자는 밭이나 집을 팔든지 돈을 꾸거나 곡식을 세내어 깃발도 만들고 꽃도 만들며 많은 중을 불러 복전(福田)을 시주하며, 헐어진 불상을 세워 주고 천도하는 중인 도사(導師)를 만들어 불경을 외게 하니, 그 시끄러운 소리는 마치 새가 지저귀는 듯하고 쥐가 찍찍거리는 듯하여 죽은 자에 대해서는 생각도 없는 듯합니다. 산 사람들은 아내와 자식, 아는 친지를 불러모아 남자 여자가 한데 모이니, 오줌이나 똥이 여기저기 흩어져 있어 정토(淨土)가 되어야 할 곳이 더럽고 시끄러운 시장 거리로 변하고 맙니다. 또 시왕을 불러 놓고 음식을 준비하여 제사 지내며, 지전(紙錢)을 불살라 속죄를 빕니다. 그러면 시왕이란 자는 예의 염치도 없이 재물을 탐내어 그 재물을 함부로 받아 챙길까요? 아니면 법대로 중벌을 내릴까요? 이것이 바로 불초한 이 사람이 분하고 답답하게 생각하고 차마 말로 표현하지 못한 일입니다. 바라건대 이 불초한 사람을 위하여 확실히 판단해 주소서."

염부주왕이 한탄하며 말했다.

"참으로 한심하기도 하오. 그래서 이 지경까지 이르렀단 말이오! 사람이 세상에 태어날 때 하늘에서 내려 준 것이 성품이고 땅에서 길러 준 것이 생명이지요. 임금은 그것을 법으로 다스리고 스승은 도(道)로 가르치며, 어버이는 은혜로 기르지요. 이러하므로 오전(五典, 五倫)이 차례대로 존재하고 삼강(三綱)이 문란해지지 않는 것이오. 곧 순리대로 행하면 좋은 결과가 오고, 거역하면 재앙이 뒤따른다오. 좋은 결과나 재앙은 인간 세상에 살아 있을 때에 받는 것이고, 죽으면 정기(精氣)가 흩어져서 혼백과 육신은 각각 본래의 근원을 찾아 하늘로 올라가기도 하고 땅으로 스며들기도 하지요. 그런데 언제 유명(幽冥)이라고 불리는 캄캄함 속에 머물러 있을 수 있단 말이오. 원한을 품은 혼이나 횡액으로 죽은 귀신은 정해진 대로 죽지 못하여 그 기운을 펴지 못하고, 전쟁터나 모래벌판에서 울부짖기도 하고 원통함을 품은 집안에서 애처롭게 호소하는 경우가 간혹 있기도 하지요. 어떤 귀신은 무당에게 의탁하여 간청을 해보기도 하고 다른 사람에게 의지하여 원통함을 하소연하기도 하니, 비록 그 정신이 당시에는 흩어지지 않지만 마침내 흔적도 없이 돌아가고 만다오. 어찌 이들이 형체를 나타내어 명부에 들어가 죄값을 받는단 말이오. 이러한 문제는 사물의 이치를 깨달은 당신 같은 선비가 짐작해 판단해야 할 문제요. 그러니 부처에게 재를 올리고 시왕에게 제사 지내는 일은 더욱 허망한 일이요. 그리고 재를 올린다는 것은 깨끗하고 고요한 마음을 나타내므로 깨끗하지 못한 것을 깨끗이 하기 위해 재를 올리는 것이오. 부처는 맑고 고요하고, 왕이란 존엄한 존재요. 공자는 『춘추』에서 왕이 수레를 구하고 금을 구하는 일을 비판하였고, 부처에게 금이나 비단을 바친 일은 한(漢)나라와 위(魏)나라 때부터 시작하였소. 청정한 신인 부처가 세상 사람들의 공양을 어찌 받을 것이며, 시왕이라는 존엄한 신이 죄인들의 뇌물을 받아 유명의 귀신에게 세상의 형벌을 시행한단 말이오. 이 또한 이치를 연구한 선비가 깊이 생각할 바이오."

박생이 또 물었다.

"이 세상 생물이 끝없이 돌고 돌아〔輪回〕 이곳에서 죽으면 저곳에서 다른 생명으로 태어난다고 하는데 그것은 어떻습니까?"

"정기나 영혼이 흩어지지 않는다면 윤회할 듯도 하지만 오래 되면 모두 흩어져서 없어져 버린다오."

박생이 물었다.

"왕께서는 왜 이런 색다른 지역에 와서 왕이 되었소?"

"나는 세상에 살았을 때 왕에게 충성을 다하였고 있는 힘을 다하여 도적을 토벌하였소. 스스로 맹세하기를 '죽으면 반드시 여귀가 되어 도적을 모조리 죽여 없앨 것이다.' 하였소. 그랬는데 내 소원을 이루지 못하고 충성을 다하지 못하여 결국 이 흉악한 고장에 와서 임금이 되었소. 지금 이곳에서 나를 우러러보는 자는 모두 전 세상에서 윗사람을 죽인 간특하고 흉칙한 무리로, 이곳에 와서 나의 통제를 받고 나쁜 마음을 바로잡으려 하고 있소. 정직하고 공평하지 않으면 이곳에서 하루도 임금 노릇을 못 한다오. 듣자니 당신께서는 마음이 정직하고 곧아서 세상에 있을 때 남에게 의지를 굽히지 않는, 진실로 세상을 달관한 사람이라고 하였소. 그러나 세상에서 그 뜻한 바를 한번 펴지 못하고 마치 값진 구슬이 더러운 진흙에 묻혀 있는 것 같고 밝은 달이 흐린 연못에 빠져 있는 것 같아서 그 값진 구슬을 빛내 줄 장인(匠人)을 만나지 못하였으니 누가 그것이 값진 보배인 줄을 알겠소? 나도 운명이 다하여 곧 임금 자리에서 물러나야 하고 당신도 수명이 다하여 육신이 무덤에 묻힐 때가 되었소. 그러니 이곳을 맡을 자는 당신밖에 없소."

말이 끝나자 왕은 잔치를 열어 박생을 즐겁게 해주었다. 그리고 삼한(三韓)의 흥하고 망한 역사를 물었다. 박생은 삼한에 대해 자세히 진술하고 고려가 나라를 세우게 된 까닭까지 말하니, 왕은 두번 세번 한탄하며 말했다.

"국가를 통치하는 자는 폭력으로 백성을 눌러서는 안 되지요. 백성이 겉으로는 두려워서 따라오는 듯하지만 안으로 항거하는 마음을 품고 있다가 오랜 세월이 지나는 동안 마침내 굳게 뭉쳐 화가 일어나고 말지요. 덕이 있는 자는 힘으로 왕위를 차지해서는 안 되지요. 하늘은 이렇게 하고 저렇게 하라고 일일이 말하지는 않지만 처음부터 끝까지 행사(行事)로써 보여 준다오. 그러니 하느님의 명령은 준엄한 것이오. 국가는 백성의 나라요, 운명은 하늘이 내리는 것이니 천명이 이미 통치자를 버리고 백성의 마음이 떠나가게 되면 아무리 자신의 몸을 보전하려 하나 그럴 수 있겠소?"

박생은 다시 역대 제왕들이 이단의 도를 믿다가 재앙을 당한 일들을 진술하니, 왕은 이맛살을 찌푸리며 말했다.

"백성이 정치를 잘한다고 노래로 찬양하는데도 홍수나 가뭄의 재앙을 주는 것은 하늘이 임금에게 더욱 경계하라고 깨우쳐 주기 위함이고, 백성이 임금을 원망하고 저주하는데도 하늘이 좋은 일을 나타내 보이는 것은 요괴가 임금을 꾀어서 그 총명을 흐리게 하여 임금을 더욱 교만하고 방종하게 하려는 것이오. 역대 제왕 시대에 상서로운 징조가 나타난 결과 백성들이 편안하게 살았는지 아니면 원통함을 호소하였는지를 생각해 보시오."

박생이 대답했다.

"간신이 벌떼처럼 일어나고 큰 난리가 자주 일어났지요. 그러면 위에 있는 사람은 위엄으로 협박하면 되는 줄 알았고 명예를 구하는 것으로 편안하게 할 수 있다고 생각하였습니다."

왕이 한참 뒤에 말하였다.

"당신의 말이 옳소이다."

잔치가 끝나자 왕은 자신의 왕위를 박생에게 물려주려고 다음과 같이 직접 조서를 썼다.

염주(炎洲) 땅은 무서운 풍토병이 많은 나라이므로 옛날 우(禹)임금이 9년 동안 홍수를 다스릴 때에도 이곳에는 오지 않았고, 주(周) 목왕(穆王)이 팔준마(八駿馬)를 타고 천하를 두루 돌아다닐 때에도 이곳에는 오지 않았다. 붉은 불꽃 같은 구름이 해를 가리고 독한 안개가 하늘을 막았으며 목이 마르면 펄펄 끓는 구리 물을 마셔야 하며 배고프면 벌겋게 단 쇠를 먹어야 된다. 야차(夜叉)나 나찰(羅刹) 같은 악귀가 아니면 발붙일 곳이 없고, 이매망량(魑魅魍魎) 같은 도깨비가 아니면 그 기운을 펼 수가 없다. 불꽃이 타오르는 성(城)이 천리나 되고 쇠로 된 산이 만리나 된다. 백성들의 풍속이 거칠고 억세어서 정직하지 못하면 간교한 행위를 분간하지 못하며 땅의 높낮이가 심하여 신기로운 위엄이 없으면 그 교화를 펼 수가 없다. 여기 동쪽 나라에서 온 아무개는 사심이 없이 정직하고 의지가 굳으면서도 결단성이 있으며, 재능이 많을 뿐 아니라 어리석은 자를 깨우쳐 주는 능력도 있다. 앞 세상에서는 비록 큰 영화를 누리지 못했으나 뒤 세상에서는 백성을 지배하는 법령을 실제로 가진다. 그러므로 수많은 백성이 영원히 의뢰할 자가 이 사람이 아니고 누구겠는가? 마땅히 백성을 덕으로 인도하고 예의로 구제하여 지극한 선의 경지로 이끌라. 몸소 실천하고 마음으로 얻는 것이 있게 하여 세상을 온화하고 즐거운 경지로 올려놓으라. 하늘을 본받아 왕권을 확립하고 요(堯)임금이 순(舜)임금께 왕위를 전해 주듯 나도 박 아무개에게 손님의 예를 갖추어 왕위를 전해 주노니 삼가 받을지어다.

박생은 조서를 받들고 두 번 절한 뒤에 물러 나왔다. 왕은 다시 신하들과 백성들에게 명령을 내려 세자의 예로 축하를 하게 한 뒤에 그를 내보냈다. 그리고 또 박생에게 조서를 내렸다.

"오래지 않아 돌아와야 하오. 수고롭지만 이번에 우리가 나눈 말을 인간 세상에 전파하여 황당하다는 말을 듣는 일이 없도록 하시오."

박생이 다시 두 번 절하고 치사하였다.

"어찌 훌륭하신 말씀을 널리 알리지 않겠습니까?"

박생이 그곳을 나오자 수레를 끄는 자가 미끄러지면서 수레가 넘어져 박생은 땅에 떨어졌다. 깜짝 놀라 깨어나니 꿈이었다. 눈을 떠서 바라보니 책상 위에는 책이 널려 있고 등불은 가물가물 꺼져 가고 있었다. 박생은 의아해 하며 한참 동안 앉았다가 자신이 오래지 않아 죽을 것임을 예감하고 그 날부터 집안일을 정리하는 데 힘을 기울였다. 그리고 두어 달 뒤에 병이 들었는데 자신이 회복하지 못할 것을 알고 의원이나 무당의 치료를 받지 않았다. 그가 죽던 날 저녁에 이웃집 사람들이 꿈을 꾸었는데 신인(神人)이 나타나서 말하기를 '박생이 염라대왕(閻羅大王)이 되었다.'고 했다 한다.

—『금오신화』

개성〔松都〕에 천마산(天磨山)이 있는데, 산이 높은데다가 봉우리가 뾰족하게 갈아 놓은 것 같다고 하여 천마산이라고 한다. 산중에 용추(龍湫)라는 웅덩이가 있는데 그 이름을 표연(瓢淵)이라고 한다. 좁고 깊어서 몇 길이나 되는지 아무도 모른다. 물이 넘쳐 산 아래로 폭포가 되어 떨어지는데 높이가 백여 길쯤 되어 보이는데 경치가 훌륭하여 산수에 노니는 중이나 지나는 나그네들이 꼭 이곳에 들러서 구경하곤 한다. 일찍이 신기로운 존재가 이곳에 나타났다는 사실이 기록에 실려 전하므로 나라에서는 해마다 소나 돼지를 잡아서 이곳에 제사 지내곤 하였다.

고려 시대에 한생(韓生)이라는 사람이 있었다. 어려서부터 문장에 능하여 조정에서도 칭찬이 자자하였다. 어느 날 한생이 무료하게 집에 있는데 해가 저물녘이 되어서 갑자기 푸른 적삼에 복두*를 쓴 낭관* 두 사람이 공중에서 내려와 뜰 아래 엎드려 절하며 말했다.

"표연에 계신 신룡(神龍)께서 모셔 오라십니다."

한생이 놀라서 얼굴빛이 변하며 대답했다.

"신과 인간은 사는 곳이 다른데 어찌 서로 만난단 말이오? 게다가 수부(水府 : 용궁)는 넓고 험한 물로 가려 있는데 어떻게 갈 수가 있단 말이오?"

두 사람이 말했다.

"어디든지 갈 수 있는 말이 문 밖에 대기하고 있으니 사양하지 마십시오."

그러고는 몸을 구부려 한생에게 가까이 와서 그의 소매를 잡고 문 밖으로 나갔다. 거기에는 금으로 만든 안장에

송도에 사는 한생이라는 선비가 천마산에 있는 연못인 표연의 용왕으로부터 초빙을 받아 용궁에 가서 물고기들이 노는 모습을 보며 용왕의 딸을 위해 별궁의 상량문을 지어 주고 융숭한 대접을 받은 뒤에 돌아왔다는 내용의 소설.

복두(幞頭) : 과거에 급제한 자가 홍패를 받을 때 쓰던 관.

낭관(郎官) : 관아에 있는 벼슬아치로 당하관을 총칭하는 말.

옥으로 된 재갈을 물린 말이 대기하고 있었다. 그 말은 누런 비단으로 배에 띠를 둘렀으며 날개가 달려 있었고 말을 따라온 시종 십여 명은 모두 붉은 수건으로 이마를 묶고 비단 바지를 입고 있었다. 그들은 한생을 부축하여 말에 앉힌 뒤에 일산을 든 사람이 앞에서 인도하고 기생과 악공이 뒤를 따랐다. 처음 왔던 두 사람이 홀*을 들고 따라왔는데 말이 공중을 날기 시작하자 발 밑에는 연기와 구름뿐 땅은 보이지 않았다. 잠시 뒤 궁궐 문 밖에 도착하여 한생이 말에서 내렸는데, 문지기는 게, 자라, 거북이들로 갑옷을 입고 창 같은 무기들을 들고 있었다. 그들의 눈은 한 치쯤이나 밖으로 튀어 나와 있었다. 그들은 한생을 보자 머리를 숙여 절하고 의자를 내놓으며 앉아 쉬라고 하였다. 잠시 기다리라는 뜻인 듯했다.

처음 왔던 두 사람이 빠른 걸음으로 들어가서 한생이 왔음을 보고하니, 곧바로 푸른 옷을 입은 어린 아이가 나와서 손을 모아 예를 올린 뒤에 한생을 인도해 들어갔다. 한생이 천천히 들어가서 궁궐 문을 바라보니 문 위에 '함인지문(含仁之門)'이라는 글씨가 쓰여 있었다.

한생이 문안에 들어가니 신왕(神王)이 절운관(切雲冠)을 쓰고 허리에 칼을 찬 채 손에 대쪽*을 들고 뜰에 내려와 한생을 맞으며 전(殿)에 올라앉으라고 했다. 곧 수정궁(水晶宮)의 백옥상(白玉床)이었다. 한생이 꿇어 엎드려 짐짓 사양하면서 말했다.

"육지에 사는 어리석은 백성으로 풀이나 나무처럼 그냥 썩어 없어질 몸인데 어찌 감히 존귀하신 신왕의 융숭한 대접을 받을 수 있겠습니까?"

신왕이 대답했다.

"오래전부터 당신의 훌륭한 명성을 들어 한 번 뵙고자 하던 바오. 이렇게 어려운 발걸음을 하시게 하였으니 너무 의아해 하지 마

홀(笏) 벼슬아치가 조복을 입고 조회할 때 손에 들던 패.

대쪽 대나무 조각으로 필요한 것을 잊지 않도록 기록하던 것으로 죽간(竹簡)이라고도 함. 메모지 구실을 함.

시오."

한생은 세 번 사양한 뒤에 자리에 올라앉았다. 신왕은 남쪽을 향하여 칠보화상(七寶華床)에 앉았고, 한생은 서쪽을 향해 앉았다. 그들이 막 자리에 앉자마자 문지기에게서 보고가 들어왔다.

"손님이 오십니다."

신왕은 자리에서 일어나 문 앞으로 나아가 손님을 맞이했다. 모두 세 사람이었다. 그들은 붉은 도포를 입고 꽃무늬 수레를 타고 왔는데, 그들의 위풍으로 보나 시종들의 행동으로 보나 분명히 다른 나라 왕인 것 같았다. 신왕은 그들을 전에 올라오게 하여 동쪽을 향해 앉힌 다음 그들에게 말하였다.

"마침 글 잘하는 선비 한 사람이 양계*에 살고 있기에 어렵게 모셨소이다. 여러분께서는 의아해 하지 마십시오."

그러고는 한생에게 인사를 하게 하니 손님들도 모두 답례로 고개를 숙였다. 한생이 말했다.

양계(陽界): 인간 세상.

관계례(冠笄禮): 남자는 관을 쓰고 여자는 비녀를 꽂게 하는 성인 의식.

"존귀하신 신들께서 모이신 자리에 이 빈한한 선비가 감히 자리를 함께할 수 있겠습니까?"

"음양의 세계가 현격하게 달라서 서로 교제할 수가 없는데, 신왕께서는 위엄이 중하시고 사람을 분간하는 눈이 밝으신데, 당신을 이렇게 초대하신 것으로 보아 당신은 틀림없이 인간 세상에서 문장이 훌륭하신 모양이오. 신왕께서 내리시는 명령을 거절하지 마시오."

모두 자리를 정한 뒤에 차(茶)가 들어왔다. 차 마시는 일이 끝나자 신왕이 말하였다.

"과인에게는 외동딸이 하나 있소. 관계례*는 끝났지만 이제 시집보낼 때가 되었는데, 보시다시피 이곳이 궁벽하고 누추하여 손님을 맞이할 관사(館舍)도 없고 사위를 맞이할 방도 마땅치 않소. 그래서 지금 전각 하나를 따로 지으려고 하는데 가회각(佳會閣)이라고 이름 붙였소. 집 지을 목수도 이미 모아 놓았고 나무나 돌 같은 재료도 구비하였지만 아직 상량문*이 없소. 그런데 듣자니 삼한 지방에 훌륭한 재주를 가진 선비가 산다기에 이렇게 특별히 초대해 온 것이오. 그러니 선비께서는 과인을 위해 상량문을 한 편 지어 주시면 고맙겠소."

신왕의 말이 끝나기도 전에 머리를 갈라 땋은 동자 두 사람이 이미 대령하고 있었다. 하나는 푸른 옥으로 만든 벼루와 소상강에서 나온 대로 만든 붓을 들고, 또 한 사람은 한 길이나 되는 잘 다린 비단을 받들고 있었다. 한생은 비단을 깔아 놓은 자리에 가 앉아서 붓에 먹물을 묻힌 뒤에 글을 써 나갔다. 글씨는 마치 구름과 연기가 서로 얽히는 듯했다. 글의 내용은 다음과 같다.

삼가 생각건대 이 세상에는 용신(龍神)이 가장 영험하고, 인간이나 물건 가운데는 짝이 되는 것이 가장 중한 법인데, 용신은 비를 내리게 하여 사물을 윤택하게 만든 공이 있으니 복을 받을 터전이 없어서야 되겠는가? 이리하여 『시경』의 「관저장(關雎章)」에서는 뻐꾸기도 짝을 구하듯 사람도 반드시 좋은 배필을 구하여야 한다고 노래하였는데, 무엇이나 짝을 짓는 것이 모든 조화의 시초가 됨을 나타낸 것이고, 『주역』「건괘(乾卦)」에 용이 하늘로 날아오르니 훌륭한 통치자를 만날 수 있다고 했으니, 이는 영험한 변화의 자취를 표현한 말이다. 다양한 이유로 새로 궁궐을 지은 뒤, 좋은 이름을 지어 현관에 걸고, 물고기를 한 곳으로 모아 힘을 합치고, 조개를 모아 건축 재료로 썼으며, 수정과 산호로 기둥을 세우고, 용의 뼈와 옥으로 대들보를 삼았다. 이렇게 집을 만든 뒤에 구슬을 꿴 문발을 걷으면 산에는 푸른 숲이 아지랑이처럼 아른거리고, 문을 열면 골짜기의 구름이 집을 둘러싼다. 집안은 화평

상량문(上梁文) 건물을 지을 때 맨 꼭대기에 얹는 대들보에 묶어 놓거나 써 놓는 글. 건물의 장구함과 축복을 비는 내용으로 되어 있음.

하여 만년 동안 큰 복을 누릴 것이고, 부부간에 금슬이 좋아 훌륭한 자손이 억만대까지 번창해진다. 이러한 풍운의 변화를 바탕으로 해서 영원히 만물을 변화시키는 공을 돕게 할 것이다. 그리하여 용신께서는 하늘에 있던 연못에 살던 인간 세상 백성들의 목마른 바람을 이루게 해주고, 모습을 숨기든지 나타내든지 하느님의 어진 마음을 도울 것이다. 날아오르는 힘은 하늘에 닿고, 그 위엄과 덕은 먼 곳까지 흡족하게 한다. 검은 거북과 붉은 잉어는 춤을 추며 노래의 흥을 돋우고, 나무 귀신과 산도깨비는 차례로 와서 축하를 한다. 내 여기 짧은 노래를 지어 대들보에다 새겨 걸게 하련다.

대들보 동쪽을 바라보니
붉은 기운 어린 산이 푸른 하늘을 받쳤네.
하룻밤 우레 소리 시냇가에 요란하니
아스라한 벼랑 만 길이나 높은 곳에
구슬 같은 폭포 영롱하게 비친다.

대들보의 서쪽을 바라보니
굽이굽이 돌아가는 바위 모퉁이에 산새가 지저귀고
맑고 맑은 깊은 연못 몇 길이나 될 것인가?
봄비에 고인 물이 유리처럼 깨끗하네.

대들보의 남쪽을 바라보니
십리 넓은 솔밭 푸른 기운 끼었는데,
신의 궁전 굉장하여
푸른 유리 밑에 그림자만 아른거리네.

구십사

대들보의 북쪽을 바라보니
아침해 올라오자 맑은 연못 거울 되어
흰 비단 삼백 길이 하늘에 펼쳐진 듯
하늘의 은하수가 떨어져 내리는 듯.

대들보 위를 바라보니
손으로 흰 무지개 붙잡고 푸른 창공에 노니는 듯
발해의 동쪽 바다 부상(扶桑)이 천만리인데
인간 세상 돌아보니 손바닥 안에 들어 있네.

대들보 아래를 내려다보니
애석하구나, 봄 들판에 아지랑이 날아오르네.
한 방울 신령스러운 물을
단비로 바꾸어 온 세상 흥건히 뿌려 주고 싶네.

  삼가 원하건대 이 궁궐이 지어진 뒤로 여기서 혼인을 하게 되면 만복이 다 모이고, 온갖 좋은 징조가 모두 이르게 될 것이다. 옥으로 만든 이 궁전에 상서로운 구름이 에워싸고, 봉새 수놓은 베개와 원앙새 무늬의 이불에서는 기쁨에 넘치는 소리가 들끓을 것이다. 그렇게 되면 그 덕(德)이 드러나지 않을 것인가? 신령스러움이 밝게 빛날 것이다.

  한생은 상량문을 다 쓰고 나서 글을 신왕에게 올렸다. 신왕이 읽어 보고 매우 기뻐하며 곁에 앉은 세 명의 신에게 보이니 그들도 돌아가며 읽고 난 뒤에 모두 입을 모아 칭찬하였다. 드디어 신왕은 그 글을 찬양하는 뜻으로 잔치를 베풀었다. 윤필연*을 연 것이다.

한생이 꿇어앉아 말했다.

"여러 존귀한 신께서 모이셨는데, 감히 성명을 여쭈지 못했습니다."

신왕이 말했다.

"선생은 양계에서 온 사람이라 모르는 것이 당연하오. 여기 첫번째 앉은 분이 한강과 임진강이 만나는 지점인 조강(祖江)의 신이고, 두 번째 앉은 분이 한강의 다른 이름인 낙하(洛河)의 신이며, 세 번째 분이 개성 서쪽의 강인 벽란(碧瀾)강의 신이라오. 내가 선생과 함께 노닐자고 부른 것이오."

술이 나오고 풍악이 울리자 아리따운 여인 십여 명이 머리에 꽃을 꽂고 푸른 소매를 날리며 춤을 추었다. 그들이 부르는 노래는 다음과 같은 벽담곡(碧潭曲)이었다.

푸른 산 아득아득

윤필연(潤筆宴) 문장이나 그림, 글씨를 쓴 사람의 수고를 위로하기 위해 베푸는 잔치.

푸른 연못 넓고 넓고.

흘러내리는 시냇물 높기도 높아

하늘 위 은하수에 닿은 듯하이.

물결 가운데 사람이 있는가,

은은히 들려오는 쟁쟁한 패옥 소리.

위엄은 불꽃처럼 빛을 발하고

흐르는 기세는 흰칠도 하이.

좋은 날 좋은 때 가려

봉황새 날아와 지저귀네.

빛나는 전당은 날아갈 듯

거기에 사는 신령 행복도 하지.

글하는 선비 불러 단가(短歌)를 짓게 하고

거룩한 조화로 큰 대들보를 올렸네.

계수나무 열매로 빚은 술, 잔에 담아 돌리고

가볍게 나는 제비 돌아오는 봄날을 즐긴다.

향로에는 향불이 타 들어가고

솥 안에는 맛 좋은 음식이 끓고

북 소리는 요란스레 두리둥둥

피리 소리 따라 덩실덩실 춤을 추고

신들은 의젓하게 의자에 앉아 구경한다.

지극하신 덕을 우러러 영원히 잊을 수 없어라.

춤이 끝나자 총각 십여 명이 왼쪽에는 피리를 들고, 오른쪽에는 일산을 들고, 서로 돌아보며 회풍곡(回風曲)을 불렀다.

저 산 언덕은 사람과도 같아,

향풀 머리 헤치고 새삼 띠를 둘렀네.

저물녘 맑은 물결

가느다란 무늬는 비단같이 고와라.

나부끼는 바람은 귀밑머리 날리는 것 같고

하늘하늘 날리는 구름 춤추는 옷자락 같아.

빠르게 돌다 느리게 움직이고

생긋 웃으며 지나가기도 하네.

사각사각 옷 벗는 소리

옥가락지 벗어 모래 바닥에 던진 듯.

잔디 풀에 젖은 이슬

연기에 싸여 어두워라.

멀리 뵈는 저 산봉우리

강물 위에 솟은 소라, 고동 같네.

가끔씩 울리는 징소리 따라

술 취해 비틀거리며 추는 춤.

물처럼 퍼 마시는 술,

산처럼 쌓인 고기.

손님들 얼굴 붉어져서

새로 지은 곡조 따라 노래 소리 흥얼흥얼.

서로 붙잡아 당기기도 하고

서로 손바닥을 치며 웃기도 하지.

술병을 두드리며 끝없이 마시는 술,

흥에 겨운 나머지 슬픈 마음 솟구치네.

춤이 끝나자 신왕은 기뻐서 박수를 치고, 술잔을 씻은 뒤에 다시 술을 따라 한생에게 권했다. 그리고 옥으로 만든 피리를 가져다가 「수용음(水龍吟)」이란 노래를 부르며 즐거워했다. 그 노래는 다음과 같다.

관현악기 소리 속에 술잔을 돌리니

기린은 입을 벌름벌름

청룡은 머리를 기웃

옥피리 부는 소리에

하늘에는 구름도 사라지네.

소리는 파도에 부딪쳐 꺾이고

바람은 달빛을 흔든다.

한가로운 사람은 늙음을 한탄하고

흐르는 세월은 화살같이 빠르네.

풍류 생활은 꿈과 같은데

즐거움은 다시 고통을 만들어 내는구나.

서산에 다채로운 빛의 햇살 넘어가니

동쪽 산봉우리에 해맑은 달이 솟아오르네.

술잔 들어 하늘에 묻노니

저 밝은 달은 몇 번이나 좋고 나쁜 것을 보았는가?

술은 금술잔에 가득하고

사람은 옥 같은 산봉우리에 쓰러져 있네.

누가 저 사람을 밀어 저렇게 쓰러뜨렸나.

십년 속세 생활 벗어 버리고

저 푸른 하늘로 빨리 올라가고 싶어라.

신왕은 노래를 끝내고 좌우를 돌아보며 말했다.

"이곳의 놀이가 인간 세상과 다르니, 너희는 이 귀한 손님을 위해 각자의 재주를 부려 보아라."

곽개사(郭介士 : 게)라고 자기를 소개한 자가 옆걸음으로 나와 아뢰었다.

"저는 바위에 숨어 사는 자이고 모래굴 속에 사는 동물입니다. 8월 바람이 맑으면 동해 바닷가에 올라가 벼 가시랭이*를 가져오고, 하늘이 맑게 갠 날 밤에는 남정성(南井星) 곁에 있는 나의 별인 거해성(巨

벼 가시랭이(稻芒) : 게는 독초를 먹기 때문에 8월 벼를 패고 난 뒤 벼 가시랭이를 먹어야 그 독이 제거되어 사람이 먹을 수 있다고 함.

구십구

蟹星)도 밝은 빛을 냅니다. 뱃속은 중앙의 방위를 상징하는 누런 색이고, 외모는 하늘을 닮아 둥글답니다. 단단한 갑옷을 입고 날카로운 무기인 집게발이 달렸지만 늘 내 몸뚱이는 사지가 찢긴 채 솥 안에 들어갑니다. 그래서 나는 옛날 묵자(墨子)의 겸애(兼愛) 정신을 본받아 비록 내 몸을 희생하더라도 남을 이롭게 한답니다. 곧 내 고기의 맛과 나의 풍류와 멋은 장사치들의 굳은 표정을 누그러뜨려 줍니다. 뒤뚱거리며 옆으로 걷는 모습은 여자들의 웃음을 사기도 하지요. 옛날 조(趙)나라 사람 왕륜(王倫)은 해계(蟹系)라는 사람을 미워한 나머지 이름이 비슷하다는 이유로 물속에 사는 나〔蟹 : 게 해〕까지 미워했고, 전비(錢毗)라는 사람은 지방의 관리로 나가 있으면서 늘 내 고기 맛을 생각했으며, 이부상서를 지낸 필탁(畢卓)은 술과 내 집게발만 있으면 죽어도 괜찮다고 했지요. 내 모습은 당나라 한진공(韓晉公)의 그림에도 나옵니다. 지금 즐거운 놀이판을 만났으니 내 다리를 휘저으며 한번 맴돌아 보겠습니다."

그러고는 갑옷을 입고 창을 든 채 입에서는 거품을 내놓으며 눈으로는 사방을 흘겨보고 눈동자를 돌리고 다리를 저으며 춤을 추었다. 비틀비틀 흔들흔들 나가고 물러가며 팔풍무(八風舞)라는 춤을 추었는데, 동료 수십 명이 함께 돌기도 하고 엎드리기도 하며 절차에 따라 춤을 추었다. 그 노래는 이러했다.

강과 바다에 굴을 파 놓고 살며
그 기운은 호랑이와 맞설 만하네.
몸뚱이가 큰 놈은 임금에게 조공 바치고
그 이름이 열 가지나 되지.
신왕의 이 모임을 기뻐해서
발을 모아 옆으로 걸어왔네.
깊숙한 데 숨어 살기를 좋아하지만

강나루의 등불에 놀라기도 한다네.

은혜를 갚기 위해서는 아니지만 눈물로 구슬을 만들고

원수를 갚으려는 것은 아니지만 창을 들었네.

깊은 물에 사는 덩치 큰 족속들,

나에게 창자가 없다고 웃지만

뱃속은 덕(德)이 가득, 황색은 중앙의 상징.

중앙의 덕성은 사지를 향해 뻗어

엄지발가락에서 향기가 풍기네.

오늘 저녁이 바로 무슨 날인가?

주 목왕(周穆王)이 선녀와 놀았다는 요지(瑤池)의 잔치 자리.

신왕은 머리 들어 노래 부르고 손들은 취하여 비틀거리네.

황금으로 만든 전각, 흰 옥으로 만든 의자,

큰 술잔 돌릴 때마다 음악 소리 질탕하네.

저 군산(君山)에서 연주하던 세 가지의 피리 소리,

신선 집 그릇마다에 신기한 술로 채워졌지.

산도깨비 달려와 노닐고

물고기들 몰려와 뛰는구나.

산에는 개암나무, 습지에는 감초풀들,

임금님의 은혜는 잊을 수 없으리.

 곽개사가 앞뒤 좌우로 뛰고 구르며 춤을 추니, 자리에 앉았던 사람 모두 웃음을 참지 못했다. 이 때 현선생(玄先生 : 거북)이라고 자신을 소개한 자가 꼬리를 끌며 나와서 목을 길게 뽑고 눈동자를 굴리며 말했다.

 "저는 점치는 데 쓰는 풀인 시초〔蓍〕 속에 숨어 살고 연잎 속에 노니는 자로 일찍이 낙수(洛水)에서 무늬가 생겼고, 하(夏)나라 우(禹)임금으로부터 정려(旌閭)하는 공을 세웠으며, 맑은 강물에서 그물에 걸려 저 송(宋)나라 원군(元君)의 시초점을 도와 주었습니다. 비록 내 창자를 도려내어 사람을 이롭게 하기는 쉬워도 등 껍데기를 벗기기는 어렵습니다. 그러나 내 등 껍데기는 노(魯)나라 장공(臧公)의 보배가 되어 산과 마름풀을 새겨 갈무려 주는 대우는 극진했습니다. 돌 같은 창자 검은 갑옷을 입고 가슴에는 힘센 장사의 기개를 간직했지요. 옛날 진 시황(秦始皇) 때 노오(盧敖)는 신선을 만나러 갔다가 북해(北海)에서 나를 탔고, 진(晉)나라 모보(毛寶)는 나를 강물에 놓아 주어서 그 은혜를 갚기 위해 목숨을 살려 준 일도 있습니다. 이와 같이 나는 살아 있을 때는 세상을 기쁘게 하는 보물이 되고 죽어서는 신령스러운 도리를 점치는 영물이 되었습니다. 그러니 내 마땅히 입을 벌려 웃고 한탄하여 천년 동안 갈무렸던 마음속의 회포를 풀어 보겠습니다."

그러고는 그 자리에서 마치 가느다란 실 같은 이상한 기운을 뿜어내는데 그 길이가 백여 자나 되었다. 그러다가 갑자기 그것을 흔적도 없이 빨아들이곤 하였다. 또 목을 움츠리고 다리를 감추었다가 목을 뽑아 흔들며 앞으로 나갔다가 뒤로 물러갔다가 하면서 구공무(九功舞)를 추며 다음과 같은 노래를 불렀다.

산과 연못에 의지해 살며
호흡술을 이용하여 오래도록 살았다.
천년을 살면 오색 빛깔이 생기고
열 개의 꼬리를 흔들면 가장 영험해진다네.
차라리 진흙탕에서 꼬리를 끌며 다닐지언정
묘당(廟堂)의 문갑 속에 갇히고 싶진 않네.
신선의 연단술(鍊丹術)을 하지 않아도 오래 살고

도학(道學)을 안 배워도 영험스럽네.

천년 만에 한 번 만날 수 있는 성군(聖君)을 만나

밝은 앞날의 징조를 아뢰나이다.

나는 물고기들의 우두머리

주역(周易)의 일종인 연산(連山)과 귀장(歸藏)을 도왔네.

내 등에 짊어진 문자, 숫자로 표시하여

길흉을 알리기 위해 책을 만들었네.

지혜가 많아도 위험을 면할 수 없을 때도 있고

능력이 출중해도 모자라는 점이 있어서

심장을 오려내고 등 껍데기를 구워 점치는 일을 면치 못해

물고기와 새우를 벗하여 자취를 숨겼네.

목을 빼고 발을 옮겨

귀한 집의 잔치에 참석했네.

용왕님의 신령스런 변화를 축하하고

훌륭한 붓글씨도 보았지.

술이 나오자 풍악 울리니

즐거운 놀이 한이 없네.

북 치고 퉁소 부니

깊은 골짜기에 숨은 이무기가 춤을 추네.

산과 못 속의 도깨비들 모여오고

여러 강과 하수(河水)의 신들도 몰려왔네.

진(晉)나라 온교(溫嶠)가 물소뿔을 태워 물귀신을 모은 듯하고,

하나라 우임금이 솥에다 그린 물 속 괴물들과도 같아.

이렇게 많은 괴물이 뜰 앞에서 춤을 추고

때로는 익살스레 웃으며 손뼉도 치네.
해가 지자 바람이 일어나고
용이 하늘에 오르자 파도가 용솟음치네.
좋은 때는 갑자기 만날 수 없는 것,
마음을 가다듬고 세월을 한탄하네.

노래가 끝나자 거북이 황홀한 마음으로 펄쩍펄쩍 뛰며 춤을 추니 자리에 앉은 손님들이 큰 소리로 웃었다.

이 때 나무와 돌의 도깨비와 산속의 괴물이 일어나서 자기들의 재능을 자랑했다. 휘파람을 부는 놈, 노래를 하는 놈, 춤을 추는 놈, 피리를 부는 놈, 손뼉을 치는 놈, 모두 가지가지의 행동을 보였으나 노래는 다 같이 불렀다.

신령스런 용 연못에 살다가
때때로 하늘에도 오르지.
천년 만년 동안
그 복은 끊어지지 않으리.
자신을 낮추어 어진 선비 불렀는데
그 위엄 신선과 같아라.
저 새로 지은 상량문 보니
주옥 같은 문장, 잘도 연결되었네.
옥돌에다 새겨 놓아
천년 동안 길이 전하리.
저 선비 돌아가려고 하니
이 거룩한 잔치 열었네.

백사

남자들은 채연곡(採蓮曲)을 부르고
여인들은 선녀같이 춤추네.
북소리 두리둥둥
거문고 소리 화답하네.
노로 뱃전을 치고
고래가 냇물을 마셔 버리듯 술을 마시네.
주인과 손님이 예를 갖추어 서로 사양하니
즐거움 또한 허물할 게 없구나.

노래가 끝나자 강과 하수의 신령이 꿇어앉아서 시를 지어 올렸다. 그 첫째인
조강신의 시이다.

푸른 바다에 강물이 쉬지 않고 모여들고
출렁이는 물결에는 배들이 가볍게 떠가지.
구름이 걷히자 달은 나루에 잠기고
조수가 밀려오자 바람이 섬으로 밀려오네.
날이 따스해지자 거북과 물고기는 한가로이 노닐고
물결이 잔잔하니 오리 떼는 마음대로 자맥질하네.
해마다 돌에 부딪는 소리 흐느끼는 듯한데
오늘밤 이 기쁨은 백가지 근심 씻어 주네.

두 번째 자리에 앉았던 낙하신(洛河神)이 시를 썼다.

오화수(五花樹) 그늘 아래 겹자리를 깔고

제기와 악기들 차례로 진열했다.
운모(雲母) 휘장 속에 노래 소리 아름답고
수정렴 구슬발 속에 춤사위 어우러졌네.
용왕신은 본래부터 연못 속의 주인이고
선비는 이 자리의 귀한 손님.
긴 밧줄로 지는 해를 묶어
오래오래 술에 취해 봄날을 즐기세.

세 번째 앉은 벽란신이 시를 쓰기 시작했다.

신왕은 술에 취해 금 의자에 기대었고
산안개 자욱하니 석양이 드리우네.
아리따운 춤 너울너울 비단 소매 돌아가고
청아한 노래 소리 들보지붕에 메아리친다.
몇 해나 외로이 벽란도(碧蘭渡)에서 울분을 삼켰던가?
오늘 여러분과 함께 기쁜 마음으로 술잔을 나누누나.
흘러가는 세월, 사람들은 몰라
고금의 세상일 너무도 바쁜 것을.

　시를 다 쓴 뒤에 용왕에게 올리니 용왕이 한 번 훑어본 뒤에 한생에게 주었
다. 한생은 꿇어앉아 그것을 받아 두세 번 읽은 뒤에 그도 즉석에서 다섯 자로
된 오언시 20운(韻)을 써서 그 날의 성대한 잔치를 찬양하였다.

　천마산 은하수까지 높이 솟아

백육

바위 타고 흐르는 폭포, 공중에서 쏟아지네.

그 물줄기 숲속을 뚫고 지나

큰 소리로 달려가지.

물결 속에는 달이 잠겼고

물 밑에는 용궁이 자리했다.

용의 변화는 신기로운 자취를 남기는 것,

하늘로 올라가서야 큰 공을 세우지.

연기처럼 피어 오르는 가느다란 안개를

휩쓸고 지나가는 상쾌한 바람.

하늘에서 내려 준 명은 중한 것,

우리 나라에 내려 준 벼슬자리 숭고하기도 하지.

무산의 선녀는 아침에 하늘에 올랐다가

저녁이면 푸른 말을 타고 비로 변해 내려오지.

금 궁궐에 큰 잔치 베풀고

요지연 뜰에서 이별 노래 불렀다.

신선이 먹는 유하주(流霞酒)는 잔에 채워졌으니

짙은 이슬 방울, 연잎에 고인 듯.

서로 사양하며 위엄 있는 행동 정중하고

술잔을 돌리는 예절, 풍족하기도 하네.

옷과 갓에 문채도 찬란하고

허리에 찬 패옥 소리 영롱하기도 하다.

물고기나 자라들 몰려와 축하하고

강과 하수(河水)의 신들 자리를 함께했지.

신령스런 이 기회, 얼마나 황홀한가.

크고 높은 덕성 깊기도 하여라.

동산에는 꽃을 재촉하는 북을 울리고,

술동이에는 술을 마시는 무지개가 드리워 있다.

선녀는 옥피리 불고

서왕모(西王母)는 거문고 줄 고른다.

백 번 절한 뒤 술을 올리고

세 번 만세를 불렀다.

연기가 스며든 듯한 새하얀 과일,

쟁반에 비친 수정 같은 나물.

맛 좋은 음식은 목구멍을 부드럽게 하고

은혜는 물결처럼 뼈 속에 녹아드네.

모두가 신선들이 먹는 것,

신선이 산다는 영주산과 봉래산에 온 듯하군.

좋은 잔치 끝나면 어쩔 수 없이 헤어져야 하는 것,

이 자리의 풍류는 한낱 꿈속이겠지.

시를 올리자 자리에 앉은 모든 사람이 칭찬을 아끼지 않았다. 신왕이 칭찬하며 말하였다.

"내 이 글을 금이나 돌에 새기게 하여 내가 있는 곳의 보배로 삼겠소."

한생이 절하고 말했다.

"용궁에서 좋은 일은 다 보았습니다만 궁궐의 규모와 지역의 장관을 한번 둘러볼 수 없을까요?"

"좋습니다."

한생이 명령을 받고 문 밖에 나아가 둘러보니 사방에 채색 구름이 자욱하게 깔려서 동서를 구분할 수가 없었다. 신왕이 취운(吹雲)이라는 자를 시켜서 구름을 걷으라고 했다. 그러자 취운이 궁전 앞 뜰에 나와 입을 모아 입김을 불었다. 삽시간에 온 세상이 환하게 밝아졌다. 사방에는 산이나 돌이나 바위 벼랑도 없고, 마치 바둑판처럼 평평한 땅이 끝없이 펼쳐져 있었다. 수십 리 넓은 평지에 아름다운 꽃과 나무가 무성하게 자랐으며 그 사이사이에는 금빛 모래가 깔려 있었다. 그 주위에는 금으로 된 담장이 둘러쳐 있고 담장 안 행랑과 정원에는 푸른 유리 벽돌이 깔려 있으며 빛과 그림자가 서로 비춰 주고 있었다.

신왕이 두 사람을 불러 한생을 인도하여 구경을 하게 하였다. 한생은 그들을 따라 유리로 된 조원루(朝元樓)라는 누각에 이르렀는데 노란색, 푸른색의 구슬로 장식되어 있었다. 그곳에 올라 보니 마치 높은 공중에 오른 것 같았다. 전부 천 개의 계단이 있었는데 다 올라가려고 하니 인도하는 자가 말했다.

"신왕께서는 신기로운 힘으로 올라가시지만 저희도 아직까지 다 올라가 보지 못했습니다. 그것은 저 꼭대기가 하늘과 맞닿아 있어서 평범한 사람은 못 올라가도록 되어 있기 때문입니다."

한생은 7층까지 올라갔다가 내려왔다. 또 한 전각에 이르렀는데 이름이 능허각(凌虛閣)이었다. 한생이 물었다.

"여기는 무엇을 하는 곳이오?"

"이곳은 신왕께서 하느님을 뵈러 갈 때 의식 절차를 정리하고 옷과 갓을 갈아입는 곳입니다."

"의식 절차에 필요한 기구를 볼 수 있소?"

그들이 한생을 데려갔다. 그곳에는 마치 둥근 거울 같은 것이 있었는데 너무 눈이 부셔서 똑바로 바라볼 수가 없었다. 한생이 물었다.

"이게 무슨 물건이오?"

"전모(電母 : 번개신)라는 거울입니다."

또 한쪽에는 크고 작은 북이 하나씩 놓여 있는데 한생이 두들겨 보려고 하니 인도자가 말리며 말했다.

"이것을 한 번 치면 세상의 온갖 물건이 다 진동합니다. 바로 뇌공(雷公 : 천둥신)의 북입니다."

그곳에는 또 한 가지 물건이 있는데 마치 대장간에서 쓰는 풀무 같았다. 한생이 흔들어 보려고 하자 그들은 또 말렸다.

"이것을 한 번 흔들면 산과 돌이 다 무너지고, 큰 나무도 뿌리째 뽑혀 버립니다. 이것이 바람을 일으키게 하는 풀무입니다."

이번에는 물항아리와 빗자루 같은 것이 있었다. 그들이 말했다.

"이 빗자루에 물을 묻혀서 뿌리면 세상에서는 홍수가 나서 언덕이 넘치고 집이 물에 잠깁니다."

한생이 말했다.

"구름을 만드는 기구는 왜 여기에 두지 않았소?"

"구름은 신왕께서 신의 힘으로 만드는 것이지 기구로 만들 수는 없습니다."

한생이 또 물었다.

"그러면 뇌공 · 전모 · 풍백(風伯) · 우사(雨師)는 어디에 있소?"

"하느님께서 깊숙이 가두어 두고 함부로 놀 수 없게 하였지요. 왕께서 나가실 때는 여기에 모두 모입니다. 나머지 기구는 우리도 다 모릅니다."

한생이 한 곳에 가니 긴 복도가 수리쯤 뻗어 있고, 문에는 하나같이 금색 용 무늬의 자물쇠로 채워져 있었다. 한생이 물었다.

"이곳은 무엇을 하는 곳이요?"

"이곳은 신왕이 칠보(七寶)를 갈무려 놓는 곳이요."

한생은 두루 돌아보았으나 다 볼 시간이 없어 인도하는 자를 앞세우고 신왕이 기다리는 곳으로 돌아와 치사하였다.

"왕의 은혜를 입어 좋은 곳을 두루 돌아보았습니다."

그리고 두 번 절한 뒤에 물러나오니 신왕이 산호로 만든 소반에 밝게 빛나는 구슬 두 알과 비단 두 필을 담아 선물로 주었다. 한생이 문 밖에 나오자 강물의 신들도 함께 나와서 각자 수레를 타고 본부로 돌아갔다. 신왕은 한생을 데리고 갈 두 명의 사자(使者)를 시켜 길을 인도하게 하였는데 그들은 산이나 물을 뚫고 갈 수 있는 뿔이 나 있었다. 사자가 한생에게 말했다.

"내 등에 업혀서 한참 동안만 눈을 감고 있으십시오."

한생이 그가 시키는 대로 하자 그를 업은 사자는 어디를 가는지 귓가에 바람소리와 물소리를 내며 달려갔다. 얼마쯤 있으니 아무 소리도 들리지 않고 몸을 움직일 수가 없었다. 눈을 떠보니 자기 집 방안에 누워 있었다. 그는 문을 열고 밖을 내다보았다. 하늘에는 큰 별만 몇 개 보이고 동쪽 하늘이 밝아 오고 있었다. 닭이 세 번째 우는 것으로 보아 오경쯤 된 것 같았다. 품속을 더듬어 보니 구슬과 비단이 나왔다. 한생은 그것을 문갑에 넣어 보물로 간직하고 다른 사람에게 보여 주지 않았다. 그 후 세상에 이름이 알려지는 것이 싫어 명산에 들어갔는데 그가 죽은 곳은 아무도 모른다.

『금오신화』를 끝내고 난 뒤의 글

좁은 방 푸른 돗자리 따뜻함은 그만이지.
달빛에 비친 매화 그림자, 창문에 가득하네.
등불 돋우고 긴 밤을 향불 피우며 앉았으니
한가로움에 길들여진 인생, 책도 보지 않는군.

벼슬자리에 앉아 글을 읽고 싶은 생각 없어진 지 오래고 소나무 곁에 있는 산속의 창 앞에 밤늦도록 단정히 앉았네.

향불 항아리 구리병에 검은 궤짝 고요한데

풍류 어린 기이한 이야기, 조심스레 찾아보네.

만치삼력* 중하 길단(仲夏吉旦)

매월당은 『금오신화』를 마침.

—『금오신화』

만치삼력(萬治三曆) 만치라는 연호는 없으므로 홍치(弘治) 연호가 아닌가 하며, '삼력'이란 3년을 뜻하는 듯하다. 이러한 추측이 맞다면 홍치 3년은 작자가 죽기 3년 전인 1490년(성종 21년), 작자 나이 56세 5월 초하루 아침에 이 글을 끝낸 것임을 알 수 있다.